어두운 숲

어두운 숲

지은이 전건우
펴낸이 임상진
펴낸곳 (주)넥서스

초판 1쇄 인쇄 2025년 11월 20일
초판 1쇄 발행 2025년 12월 1일
출판신고 1992년 4월 3일 제311-2002-2호
10880 경기도 파주시 지목로 5
Tel (02)330-5500 Fax (02)330-5555

ISBN 979-11-24028-22-3 03810

저자와 출판사의 허락 없이 내용의 일부를
인용하거나 발췌하는 것을 금합니다.

가격은 뒤표지에 있습니다.
잘못 만들어진 책은 구입처에서 바꾸어 드립니다.

www.nexusbook.com
&(앤드)는 (주)넥서스의 문학 브랜드입니다.

전건우
장편소설

어두운 숲

&

| 차례 |

1부 · 수해
樹海

통화1 민시현 · 9

CHAPTER 1 휴가 · 12

CHAPTER 2 괴담 · 19

CHAPTER 3 공수 · 39

CHAPTER 4 야영 · 50

통화2 경찰 · 71

CHAPTER 5 경계 · 74

2부 · 의식
儀式

CHAPTER 6 구원군 · 90

CHAPTER 7 불청객 · 102

CHAPTER 8 흉지 · 120

CHAPTER 9 강령회 · 132

통화3 아문스님 · 155

CHAPTER 10 혼돈 · 160

3부
·
뿌
리

CHAPTER 11 산 자들 · 172

CHAPTER 12 죽은 자들 · 187

통화4 이선미 · 211

CHAPTER 13 부름 · 214

CHAPTER 14 윗것 · 239

CHAPTER 15 들림과 들음 · 262

통화5 손가영 · 272

작가의 말 · 276

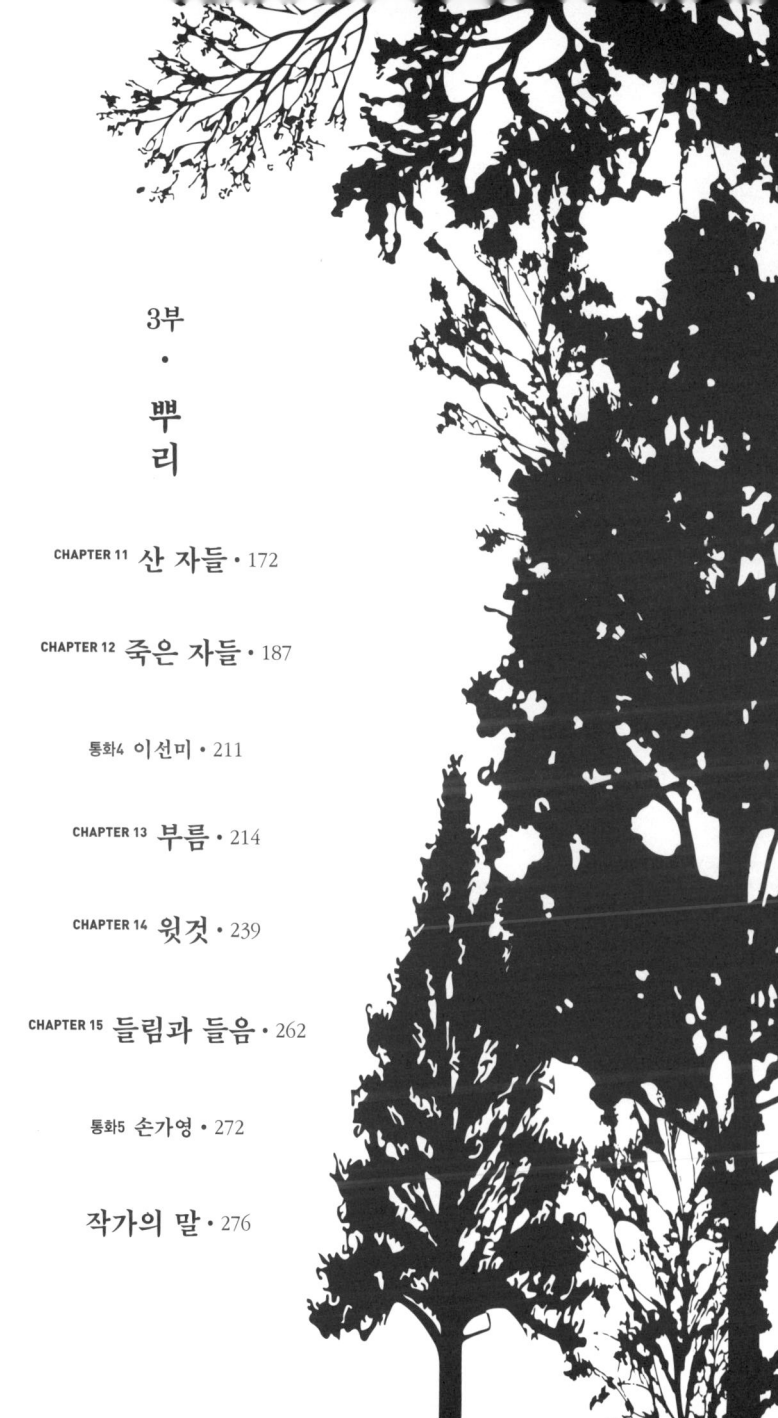

1부 · 수해
樹海

통화 ① : 민시현

통화 시작

- 네, 윤동욱입니다.
- (잡음) 안녕하세요?
- 네. 누구시죠? 전화가 좀 끊기네요.
- 저…… 기억하실지 모르겠지만…… (잡음) 민시현이에요.
- 아! 작가님. 당연히 기억하죠. 어떻게 잊습니까. 잘 지내…….

- 도움이 필요해요! (비명)

- 괜찮으세요? 방금 비명이 들렸는데.

- (잡음) …… 에 있어요.

- 네? 작가님. 다시 말씀해 주세요.

- (비명) (잡음) 저…… 민시현이에요.

- 네. 압니다. 도움이 필요하세요?

- 저는 여기 있어요.

- 그곳이 어딥니까?

- 여기를 몰라요? (웃음)

- 네. 설명해 주세요.

- (잡음) 여기는 나무가 진짜 많아요. 이런 델 뭐라고…….

- 작가님. 지금 안전한 상태가 아니죠?

- (비명) 맞아요. 수해! 나무의 바다. 전 여기 있어요. (잡음)

- 옆에 누가 있습니까?

- (다른 목소리) 그래.

- 누구야?

- (잡음) …… 민시현이에요.

- 작가님. 거기서 당장 나와야 합니다. 경찰, 경찰에 신고하세요!

- 안 돼……. (잡음) 못 해요.

- 제가 가겠습니다. 위치만 말씀해 주시면…….

- (잡음) (비명)

- 작가님? 작가님?

- (길게 이어지는 잡음) …… *서두른 술.*

- 여보세요?

- (거친 숨소리)

통화 종료.

CHAPTER 1 : 휴가

 정체를 숨긴 채 살아가는 건 힘들지만 재밌는 일이기도 했다. 그 사건 직후, 민시현은 바로 사직서를 냈고 핸드폰 번호를 아예 바꿨으며, 거주지를 저 멀리 시골로 옮겼다. 물론 파주 쪽은 아니었다. 가능한 강이 없는 곳으로 고르느라 애를 좀 먹었다. 효과가 있었다. 민시현과 윤동욱의 신상을 털며 희대의 사건에 열광하던 사람들은 경찰 조사가 종료되자 더욱 두 사람을 찾아 헤맸다. 윤동욱은, 민시현이 보기에 무척 의연하게 대처했다. 방송에 나와 당시 사건에 대해 말하는 걸 보며 역시 보통 사람이 아니구나 싶었다. 반면 민시현의 잠수 전략은 나름

꼼꼼했고, 그랬기에 더는 시달리지 않게 되었다. 윤동욱이 나서서 그 관심을 온전히 다 받아낸 덕도 있었다.

그게 벌써 1년 전 일이었다.

지금의 민시현은 강이 없는 시골에서 완전히 다른 삶을 살고 있었다.

"어디로 갈까? 응?"

이선미는 핸드폰을 들여다보며 들뜬 목소리로 물었다. 서울에서 이곳까지 운전해서 왔는데도 피곤한 기색은 전혀 없었다. 역시 작가들 사이에서 원더우먼 편집자라 불릴 만했다. 이선미는 웹소설 편집자 8년 차였다. 지금껏 작품 여러 개를 담당했고 그중에는 히트작도 꽤 있었다. 가장 인기를 끈 작품은 『환생했더니 공포 소설 주인공!』이었고, 그건 민시현이 쓴 웹소설이었다.

"너 가고 싶은 곳. 난 어디든 상관없어. 강만 없으면 돼."

민시현의 말에 이선미는 작게 한숨을 쉬었다. 원더우먼의 한숨은 마감 어긴 작가에게는 가슴 철렁할 일이었다. 강력하고 집요하게. 그것이 이선미 스타일이었다. 작가를 달래가며 글을 뽑아내는 편집자가 있는가 하면, 이선미처럼 채찍질로 단련시키는 편집자도 있었다. 부드러운 느낌의 이름과는 다르게 인상부터 강한 이선미를 처음 봤을 때 민시현 역시 얼어붙을 수밖에 없었다. 더군다나 첫 작품이었다. 공포나 미스터리는 웹소설에서 통하지 않는다는 걸 알았기에 원고의 앞부분을 보내놓고도 마음을 졸였다. 그랬는데 출판사에서 덜컥 연락이 왔고 편집자인 이선미와 만나게 됐다. 그 자리에서 이선미는 첫 마디를 이렇게 던졌다.

"이런 소설 기다렸어요!"

알고 보니 이선미는 오컬트 마니아였다. 그것도 엄청난 수준의 마니아. 비단 오컬트만이 아니라 호러 콘텐츠는 다 좋아했다. 전국의 모든 놀이공원 '귀신의 집'을 다 섭렵했고, 흉가 체험도 여러 곳 다녀왔다. 한 해에 몇 권 나오지도 않는 호러 소설을 눈에 불을 켜고 찾아서 읽기도 하고, 여름밤이면 꼭 호러 영화 한 편 정도는 봐야 비로소 잠이 들었다. 외국에서 구매한 오컬트 관련 서적도 몇 권이나 있었다. 직업상 어쩔 수 없이 환생했다가 사랑에 빠지고, 회귀했다가 사랑에 빠지며, 빙의해도 사랑에 빠지는 작품을 읽을 수밖에 없지만, 그의 마음속에는 호러에 대한 갈증이 넘쳐났다. 그러던 중에 민시현을 만난 것이었다.

"넌 어쩜 그렇게 수동적이야? 수동적인 작가는 편집자가 부려 먹긴 좋은데, 친구 삼긴 영 심심한 거 알아?"

직설적인 말투와 거침없는 단어 선택 역시 이선미를 나타내는 특징 중 하나였다. 거기에 상처받는 작가가 많았지만, 민시현은 이상하게도 기분 나쁘지 않았다. 방송 작가로 일할 때 들었던 말에 비하면 이선미식 화법은 애교였다. 게다가 둘은 죽이 척척 맞았다. 나이가 같다는 것도 한몫했다. 민시현은 업계에서는 드문 이선미의 칭찬에 신나서 작품을 썼고, 결국〈환생했더니 공포 소설 주인공!〉은 로맨스가 아님에도 불구하고 대박을 냈다. 이런 상황에서 두 사람이 안 친해지기란 어려운 일이었다. 언젠가부터 자연스럽게 말을 놓았고. 이제는 여름휴가를 같이 가는 사이까지 되었다. 그 모든 게 1년 만에 벌어진 일이었다.

"그럼, 두 개만 골라줘. 최종 선택은 내가 할게."

민시현의 말에 이선미가 피식 웃었다. 그러고는 핸드폰을 보며 말했다.

"첫 번째는, 인천에서 1시간 배 타고 들어가면 나오는 섬에서 캠핑을 즐기는 거야. 고기도 맘껏 구워 먹고 낚시도 하고!"

"두 번째는 뭐야?"

바다이긴 해도 물을 건너야 한다는 점이 꺼림칙했다. 그래서 민시현은 물었다.

"자, 사실 이게 메인이긴 해. 이름하여 고스트 투어!"

이선미는 회심의 한마디를 했다는 듯 씩 웃었다. 그건 그가 자신만만할 때 짓는 표정이었다.

"고스트 투어?"

두 단어가 합쳐졌을 때의 시너지야 잘 알고 있었다. 다만 3박 4일로 예정해 둔 여름휴가 전체를 고스트 투어에 쓴다는 게 믿어지지 않았다. 아니, 애초에 해외로 나가지 않는 이상 그런 게 가능하긴 한 건가?

"그런 반응이 나올 줄 알았지! 듣고 놀라지 마시라. 이 투어는 단 여섯 명만 참여할 수 있고, 장소는 그 무시무시한 빨래 숲! 빨래 숲에서 3박 4일을 보내는 거야. 무려 세 밤이나 잔다고. 과연 그들은 무사히 빠져나올 수 있을 것인가? 후후후."

이선미는 그야말로 기괴한 표정으로 웃었다. 민시현이 마주 웃어주지 못한 건 당최 빨래 숲이 어디인지 몰랐기 때문이었다. 그런 웃긴 이름의 숲이 있다면 당연히 들어봤을 텐데…… 민시현의 기억 속에는 없었다.

"궁금한 게 있는데……."

민시현이 그렇게 입을 떼자 이선미의 눈이 대번에 커졌다. 거의 충격을 받아 어쩔 줄 몰라 하는 표정이었다.

"설마, 빨래 숲을 모른다는 거야? 호러 작가가? 응?"

이선미는 쏘아붙였다.

"거기 유명한 빨래터가 있는 거야?"

그 질문이 결정타였다. 이선미는 정말로 앉은 자리에서 풀쩍 뛰어올랐다. 그러곤 분노한 목소리로 쉴 새 없이 말을 이어갔다.

"우리나라에서 요즘 제일 뜨겁게 떠오르는 심령 스폿이자 자살 명소! 한국의 아오키가하라 숲이라 불릴 정도로 수많은 괴담이 탄생하는 곳! 숲 깊숙이 들어가면 나무에 목을 매고 자살한 사람들이 빨래처럼 널려있다 해서 빨래 숲으로 불리지만 정식 명칭은 아무도 모르는 바로 그곳! 다른 이름으로는 어두운 숲이라고 불리기도 하고, 오컬트 마니아의 최애 장소이지만 너무 무서워서 함부로 갈 수 없는 숲이 바로바로 빨래 숲이야! 알겠어?"

"아, 알았어."

이선미의 기세에 압도당한 민시현은 고개를 끄덕일 수밖에 없었다. 아주 세차게. 빨래를 탈탈 털어 널 듯.

이어진 이선미의 설명은 이랬다.

요즘 유행하는 소셜 앱에 오컬트 마니아 모임이 생겼다. 이선미는 당장 가입했다. 다른 모임에 비해 참여자 수는 적어도 열정은 대단했다. 오프라인 모임도 자주 가졌고, 그러면서 호러 영화를 보거나 요즘 유행하는 호러 전시에도 함께 다녀왔다. 자칭 '오컬트를 사랑하는 모임', 줄여서 '오사모'라 칭하는 이들은 기회가 되면 유명한 심령 스폿에도 같이 가보자고 했다. 바로 그 기회가 이번 여름에 온 것이었다. 오사모 모임장이 조심스레 빨래 숲 이야기를 꺼냈는데, 너무 많이 가면 무서움이 덜할 테니 자신 포함 여섯 명만 3박 4일 일정으로 다녀오자고 했다. 그리고……

"그게 지금 딱 두 자리 남았어."

운명처럼 남은 두 자리에 관해 이야기하며 이선미는 눈을 초롱초롱 빛냈다. 민시현은 결국 웃고 말았다.

"알았어. 고스트 투어 가자!"

"정말? 진짜?"

오컬트와 관련한 일에는 애처럼 변하는 이선미였다.

"그래, 가자. 가고 싶어."

"고마워! 알지? 내 소원이 죽기 전에 귀신 보는 거잖아. 이번에 꼭 그랬으면 좋겠다!"

마냥 좋아서 어쩔 줄 몰라 하는 친구를 향해 민시현은 한마디 하고 싶었다.

진짜 귀신은 너무나 무섭다고…….

민시현은 말을 아꼈다. 대신에 최대한 좋은 쪽으로 생각했다. 숲이니 물이 많진 않으리라. 그런 거라면 어디든 갈 수 있었다. 어차피 숲 뒤에 주렁주렁 달린 사연이야 거짓말이거나 부풀려진 걸 테니.

CHAPTER 2 : 괴담

"저는 진짜로 귀신을 본 적 있어요."

모모가 말했다. 목소리를 잔뜩 깔고서. 모모는 닉네임과는 달리 중저음의 중년 남성이었다. 너무 화려하고 조잡한 무늬가 들어간 반소매 티셔츠를 걸치고, 남색 등산복 바지를 입은 모습은 당장 산 정상에서 호쾌하게 야호, 하고 외쳐야 할 것 같았지만 그는 경험담이라며 귀신 이야기를 꺼냈다. 카니발 안이었고, 빨래 숲으로 향하는 길이었다.

"정말요? 언제요?"

모모의 말에 열띤 반응을 보인 건 스티븐이었다. 스티븐 킹의 이름을 딴 그 닉네임의 주인공은 다름 아닌 이선미였다. 오사모에서는 모두 닉네임을 쓰는 게 규칙이었다. 차에 탄 여섯 명은 다 본명이 아닌 닉네임으로 소통했다. 민시현은 고민 끝에 사이코라고 자기를 소개했다. 다들 히치콕의 명작 영화 〈사이코〉에서 따온 거라고 오해했지만 실은 '사이코메트리'를 떠올리며 만들어낸 닉네임이었다.

8인승 카니발에 올라 빨래 숲으로 향하는 여섯 명은 그나마 중간 지점이라 할 만한 강남역에서 만났다. 차를 빌리고 직접 운전까지 맡은 사람이 바로 모임장인 바늘이었다. 바늘은 20대 후반쯤 되어 보이는 남성으로 서글서글한 인상을 하고 있었다. 조수석에 앉게 된 이는 우락부락한 근육을 자랑하듯 민소매 티셔츠를 달라붙게 입은 스너프였다.

"스머프 아니고 스너프입니다. 하하."

스너프는 간단하게 자기소개를 할 때 그런 썰렁한 말을 해놓고 혼자 만족해서 웃던 사람이었다.

뒷좌석 1열에는 모모와 손각시가 자리했다. 손각시는 이번 투어의 또 다른 여성 참석자였다. 그는 길고 찰랑거리는 검은색 머리카락을 늘어뜨린 채 좀처럼 표정의 변화를 보이지 않았다. 말수도 극단적으로 적었다. 그다음 2열에 민시현과 이선미, 아니 사이코와 스티븐이 타고 있었다.

"바야흐로 제가 군대 있을 때였습니다."

모모는 비장한 표정과 말투로 이야기했다. 듣고 있던 스너프가 고개를 돌리고 거들었다.

"군대에 괴담이 많죠."

"맞아요. 제가 있던 부대에는 목 잘린 이등병 괴담이 있었죠. 나무를 베는 작업 하다가 전기톱에 그대로 목이 잘려 죽은 이등병. 바로 그 귀신을 제가 봤단 겁니다."

"자세히 말해주세요!"

이선미는 열혈 청자였다. 화답하듯 모모가 이야기를 이어갔다.

"야간 근무를 끝내고 막사로 돌아가던 길이었죠. 그때 전 일병이었는데 같이 근무 섰던 병장이 취사장에 들르겠다고 했어요. 취사병한테 부탁해서 봉지 라면 하나를 숨겨놨다고. 저야 뭐, 반대할 군번이 아니었죠. 그래서 취사장 밖에서 기다리는데, 그날따라 바람이 서늘하다고 해야 하나, 아니면 한기가 든다고 해야 하나…… 아무튼 싸했어요. 싸했는데, 더 결정적인 건 달이나 별이 하나도 없던 거였죠! 그만큼 구름이 잔뜩 껴 있었어요. 병장이 나올 때까지 멍하니 하늘만 보고 있었는데 막사 앞으로 해서 연병장 쪽으로 걸어가는 사람이 눈에 들어오는 거예요. 야밤에 혼자 연병장을 돌아다니면 안 되는 거라서 주의 깊게 봤더니 키가 무척 작았어요. 저렇게 작은 사람이 있던가…… 하면서 저도 모르게 다가갔죠. 그러다가 제가 소리를 냈어요. 메고 있던 총이 옆구리에 부딪혔던 거죠. 바로 그때! 쓱 구름이 걷히면서 달빛이 비치는데 군복 입은 그 사람이 절 향해 돌아서는 거예요. 그런데…… 얼굴이 없었어요! 몸통이랑 팔다리만 달려 있었죠. 군복에 달린 계급 마크는 분명히 이등병이었어요. 너무 놀라서 순간 눈을 감았다가 떴더니 그 귀신은 사라지고 없더군요. 그때 생각했죠. 진짜 귀신을 보면 이런 느낌이구나."

"풋."

민시현은 자기도 모르게 웃음을 터트리고는 당황해서 입을 가렸다. 미안한 말이지만 마지막 한마디가 너무 웃겼다.

"사이코 님은 왜 웃는 거죠?"

모모가 눈을 가늘게 뜨며 물었다. 자존심이 상한 표정이었다.

"죄송합니다. 제가 잠시 딴생각을 해서요."

그렇게 둘러댈 수밖에 없었다.

"사이코 님은 혹시 더 센 경험 한 거 아닙니까?"

스너프가 분위기에 어울리지 않는 쾌활한 말투로 물었다. 졸지에 자기에게로 관심이 쏠리자 민시현은 당황했다. 안 그래도 없던 사회성이 1년간 은둔하며 웹소설을 쓰는 동안 완전히 사라져 버렸다. 그 사실을 재확인하는 순간이었다.

"어…… 어…… 저, 저는 경험한 게 없어요. 상상하는 건 잘하지만."

"이 친구 상상력은 진짜 끝내줘요."

민시현이 버벅거리는 걸 보고 이선미가 나섰다.

"그래도 우리 중에 오컬트 지식이 제일 풍부한 건 스티븐 님이죠."

묵묵히 운전만 하던 바늘이 말했다. 그 말에 이선미는 헤벌쭉 웃었다. 편집 잘한다는 칭찬 들을 때보다 더 좋아하는 것 같다고, 민시현은 생각했다.

"저야 그냥 괴담 좋아하는 수준이죠."

이선미는 전에 없이 겸손한 투로 말했다. 그러자 모모가 기다렸다는 듯 다시 입을 열었다.

"괴담 이야기가 나와서 말인데요, 요즘 유행하는 괴담 중에 꽤 재밌는 게 있더군요."

젠체하듯 말하는 모모는 씩 웃었다. 이선미가 다시 그 떡밥을 보기 좋게 물었다. 눈을 동그랗게 뜨고 물은 것이다.

"어떤 거요? 백룸? 아니면 살목지?"

"아뇨. 아직 메이저로 뜨진 않았는데 커뮤니티를 타고 슬슬 퍼지고 있어요. 검은 강 괴담이라고, 백 퍼센트 실화라고 합니다."

검은 강이라는 말에 민시현이 움찔했다. 설마…….

"어! 나도 그 괴담 알아요."

스너프가 말했다. 모모는 신난 듯 서둘러 말을 이었다.

"경기도 어디에 검은 강이라 부르는 강이 있대요. 근데…… 거기서 물귀신이 나온다는 거죠! 이걸 방송국에서 찍기도 했는데, 실제로 사람이 죽고 촬영본에는 워낙 충격적인 장면이 많이 담겨서 결과는 방송 불가. 근데 이 괴담이 어떻게 알려졌는가 하면 당시 방송국 스태프였던 사람이 익명으로 커뮤니티에 폭로 글을 올려서였거든요. 인증도 했어요. 사원증 같은 거. 무당이 굿도 했다는데 물귀신 힘이 워낙 세서 완전히 난장판이 됐다더라고요."

"물귀신이 독하기로 유명하죠. 관련 괴담도 많고. 무당이 제일 무서워하는 귀신이 물귀신이라는 말도 있잖아요."

바늘이 말했다.

"역시 모임장님이 잘 아시는군요. 지금 호러 마니아들 사이에서는 검은 강 찾기가 유행처럼 퍼지고 있어요. 거기 가서 인증하겠다고 다들 난리죠. 게다가 그곳에서 벌어진 일로 추정되는 사건이 딱 1년 전에 있었잖아요. 그 사건에 얽혔던 무당이 방송에 나와 인터뷰하는 것도 봤는데."

민시현은 모모의 말을 듣는 내내 불편했다. 가시방석이었다. 급기야 이선미가 자기를 향해 질문을 던졌을 때는 엉뚱한 말을 마구 쏟아내고 말았다.

"맞다! 너 방송 작가였다며? 검은 강이라고 들어본 적 없어?"

"아…… 그, 그게 방송계에 있다고 서로 막 다 알고 그러진 않거든. 그래도 그 정도로 큰일이 있었으면 소문이 났을 텐데 난 들은 적 없으니까 아마 지어낸 걸 거야. 대부분 가짜잖아. 하하."

카니발 안의 공기가 싸해졌다. 아차 싶었지만 되돌릴 순 없었다. 무언가를 지극히 좋아해서 진짜라고 믿는 이들 앞에서 가장 해서는 안 되는 말을 해버렸다. 친구인 이선미마저 표정이 안 좋았다. 그때 바늘이 룸미러로 뒤를 보면서 말했다.

"그럼요. 전부 진짜일 리는 없죠. 어떤 건 조금의 사실에 다수의 거짓이 붙어서 괴담으로 변한 사례도 있을 테고요. TV에도 나왔잖아요! 예전에 유영철 괴담이라고 유행하던 것 중에서 신빙였던 건 하나도 없었다고. 그 유명한 곤지암 정신병원도 소문과는 달리 별다른 사연 없이 그냥 문을 닫았대요. 지금은 아예 물류센터가 들어섰고. 뭐, 거기서 귀신 봤다는 이야기가 없는 걸 보면 곤지암 터가 흉지는 아닌 거죠. 아니면 자본주의에 눌렸거나."

바늘이 거들어줘서 분위기가 조금은 풀어졌다. 이선미가

"하긴." 하면서 입을 열었다.

"괴담이 다 사실이라고 하면 일본에선 살지도 못할 거야. 안 그래요? 거긴 온갖 괴담이 차고 넘치니까."

"맞아요. 어디까지나 재미로 즐기는 거죠. 뭐, 진짜면 좋고 아니라고 해도 재밌어서 좋고. 전 그렇게 생각해요."

스너프가 씩 웃으며 말했다. 그때였다. 내내 한마디도 하지 않던 손각시가 입을 열었다. 기괴할 정도로 가늘고 떨림이 심한 목소리였다.

"하지만 빨래 숲 괴담은 사실이에요."

"에? 빨래 숲 어떤 괴담이요? 거긴 워낙 소문이 많잖아요."

모모가 물었다. 그러자 손각시는 주저하는 듯하면서도 그 특이한 목소리로 천천히 설명을 시작했다.

"그 숲은 강원도에서는 드물게 산마루 중간 지점부터 넓고 평평하게 형성되었어요. 그리 고지대가 아닌데도 울창한 숲이 너르게 분포해 있다는 뜻이에요. 거기에 굵고 곧게 자라는 전나무가 수천 그루씩 버티고 서 있는 거죠. 나무가 워낙 빽빽해서 낮에도 해가 잘 들지 않을 정도라고 해요. 그런데 그 정도라면 우리나라의 다른 숲과 별반 다를 게 없죠. 빨래 숲이 악명을 떨치게 된 건 그곳이 입구도 없고 출구도 없기 때문이에요."

"그게 무슨 말입니까?"

스너프가 몸을 완전히 뒤로 돌린 채 물었다.

"아무리 오래된 숲이라도 산책로 정도는 있겠죠. 아오키가 하라도 실제로 가보면 잘 꾸며져 있다잖아요."

이선미도 말했다. 손각시는 고개를 저었다.

"그런 게 전혀 존재하지 않기에 그 숲의 정식 이름도 없는 거예요. 아무도 관리하지 않아요. 숲 근처에 빈 암자가 있다는데 그곳도 빨래 숲과는 관련이 없죠. 아무튼, 그토록 드넓은 수해가 이름도 없이 관리도 받지 않은 채로 방치되고 있다? 그거야말로 가장 이상한 점이죠. 빨래 숲에 들어가려면 산길을 따라 걸을 수밖에 없는데, 어느 순간 컴컴하고 으슥해서 돌아보면 거기가 바로 숲이라는 거죠. 그러니 정식 통로가 없다는 거예요. 게다가…… 거기엔 사람을 꾀어서 자살하게 만드는 뭔가가 존재해요. 그저 호기심에 갔다 온 사람도 귀신에 홀린 듯 혼자 거길 찾아가 목을 맨다죠. 숲에 다녀온 사람은 심각한 착란과 환각, 환청에 시달리는데 그 원인이 숲에 존재하는 괴이한 무언가 때문이라고 여러 사람이 짐작하고 있어요. 다만 그 괴이를 풀어보겠다고 호기롭게 나선 이들 중 살아 돌아온 사람은 없어요."

"오! 오싹한데요? 근데 어떻게 그리 잘 아세요?"

모모가 과장된 몸짓으로 자기 팔을 쓸어내리며 물었다. 손각시는 다시 한번 머뭇거리더니 짧게 말했다.

"그렇게 살아 돌아오지 못한 사람이……."

"조심해요!"

바늘이 그렇게 소리친 직후, 차가 휘청했다. 그러더니 끼익 소리를 내며 길옆에 급정거했다. 모두 안전띠를 한 덕분에 다친 사람은 없었지만 놀란 건 똑같았다.

"무슨 일이에요?"

이선미가 물었다.

"사슴을 칠 뻔했어요."

바늘이 혼비백산한 표정으로 뒤를 돌아보며 말했다.

"네?"

모모가 되물었고, 일행은 거의 동시에 뒤쪽으로 고개를 돌렸다. 카니발 뒤편 유리로 길 한복판에 당당하게 선 사슴이 보였다. 기묘한 모양을 그리며 자라난 뿔이 인상적이었다. 사슴은 놀라지도 않았다는 듯 차를 물끄러미 보다가 경쾌하게 뛰어 산속으로 사라졌다.

"다친 분 없죠? 죄송해요. 갑자기 튀어나오는 바람에……."

바늘은 이마에 맺힌 땀을 손으로 쓸면서 말했다.

"이야! 이거 딱 호러 영화 클리셰 아닌가요? 맞죠?"

스너프가 장난스러운 표정을 지으며 말했다. 그는 다른 이에 비해 한껏 기분이 올라온 듯 보였다. 목소리도 컸다.

"그렇기는 하죠. 캠핑하러 가는 길에 나타난 사슴. 간신히 사고를 면했지만…… 그들을 쫓아오는 죽음의 손길! 호호호."

모모는 뭐가 그리 신나는지 웃음까지 흘렸다. 민시현은 손각시 이야기를 더 듣고 싶었지만 이미 분위기는 넘어간 뒤였다. 그는 다시 침울한 표정으로 입을 닫았고, 다른 이들은 호러 영화 이야기로 화제를 옮겨갔다.

"목적지까지 얼마나 남았어요?"

이선미가 물었다. 다시 운전하기 시작한 바늘이 병온을 찾은 목소리로 대답했다.

"1시간 반이요. 다들 좀 주무세요. 손각시 님 말대로라면 아주 위험한 캠핑이 될 테니."

민시현은 등받이에 몸을 파묻고 억지로 눈을 감았다. 벌써 피곤했다. 앞으로 숲을 찾아가 텐트까지 치고 이런저런 정리를 해야 한다고 생각하니 아득한 피로가 밀려왔다. 아직 벌어지지 않은 일을 미리 걱정하는 건 작년 그 사건 이후 고질병처럼 민시현을 괴롭히고 있었다. 게다가 그런 일을 좋아하는 이들과 함께라니 어쩐지 찜찜하기도 했다. 민시현은 이런저런 생각에 고민하면서도 슬슬 잠에 빠져들었다.

고스트 투어 팀이 강원도 인제군의 한 야산에 도착한 건 오후 5시 무렵이었다. 아직 해가 질 시간은 아니었고 더군다나 여름이었기에 하늘에서 내리쬐는 햇살의 기세는 등등했다. 원래는 더 일찍 도착할 수 있었는데 내비게이션이 계속 엉뚱한 곳으로 안내하는 바람에 늦어졌다. 그사이 스너프는 옆자리에 앉아 조수 노릇을 톡톡히 했다. 커뮤니티에 올라온 실제 방문자 후기를 바탕으로 길 안내를 계속했던 것이었다.

"방금 손각시 님이 말했던 빈 암자를 지나왔죠? 여기 사진 보면 암자 다음에 나오는 게 나무 두 그루예요. 마주 본 채로 터널처럼 가지를 뻗고 있거든요."

그 정보가 결정적이었다. 암자를 지난 뒤부터 빙빙 주위만 맴돌던 참에 바늘이 바로 그 터널 모양의 나무 두 그루를 발견했고 카니발은 그 앞에 멈춰 섰다. 민시현은 차에서 내려 관문처럼 버티고 선 나무를 바라봤다. 왼쪽 나무의 가장 낮은 가지에 노란색 부적이 묶여 있었다.

"중요한 건, 여기까진 빨래 숲이 아니란 겁니다. 걸어 들어가야 해요."

바늘이 트렁크에서 짐을 꺼내며 말했다. 여섯 명이 3박 4일을 보내야 하니 짐이 제법 많았다. 일단 3인용 텐트 두 개는 바늘과 스너프가 각각 나눠서 들기로 했다. 다녀온 사람들 말에 의하면 작은 실개천이 있어 물은 따로 가져갈 필요가 없다고 했다. 그래서 다른 먹을거리 중심으로 짐을 꾸렸고, 그건 나머지 넷이 공평하게 나눠 들었다.

여섯 명은 터널 나무 앞에서 기념 촬영을 했다. 그러고는 걸음을 옮겼다. 손각시가 얘기했던 대로 강원도의 산치고는 높거나 힘하지 않았다. 완만한 경사를 따라 올라가는 게 그리 힘들지도 않았다. 1년 내내 집에만 틀어박혀 있던 민시현으로서는 다행인 일이었다.

일행은 이런저런 이야기를 나누며 조금은 평평하게 변한 숲길을 걷고 있을 때였다.

"어! 좀 이상하지 않아요?"

선두에서 걷던 스너프가 멈춰 서더니 그렇게 말했다. 다들 일단 멈췄다. 민시현도 그 자리에 서서 주위를 둘러봤다. 확실히 이상했다. 어두웠다. 햇살이, 마치 체에 걸러진 듯 아주 작은 입자만 빛을 냈고 그 때문에 어둠의 비중이 높아졌다. 민시현은 뒤를 돌아봤다. 불과 몇 미터 뒤만 해도 늦은 오후의 늘어진 햇살이 넉넉하게 비추고 있었다. 하지만…… 땅바닥이 검은색 흙으로 바뀌기 시작한 부분을 기점으로 빛의 밀도가 떨어졌다. 보이지 않는 막이 드리운 것 같았다.

들어왔다.

민시현은 본능적으로 그렇게 느꼈다. 이곳이 빨래 숲이라고. 다른 이들도 마찬가지인 듯했다.

"제대로 왔나 본데요……."

이선미가 주위를 둘러보며 말했다. 일행 앞으로 끝없이 전나무 군락이 펼쳐졌다. 나무는 하나같이 우람했고, 하늘을 향해 쭉쭉 뻗어 있었다. 나무껍질은 검은색에 가까운 잿빛이었다. 주위가 어두워 보이는 데는 전나무 색깔도 한몫하는 듯했다.

"안으로 계속 들어가 볼까요?"

바늘의 말에 모두 동의했다. 텐트 두 개를 펼칠만 한 공간이 필요한 것도 사실이었다. 숲의 초입이라 할 수 있는 이 지점은 공간이 협소했다. 솔직히 말하자면 길이 제대로 난 것도 아니었다. 이미 방문했던 여러 사람이 꾹꾹 눌러서 한 걸음씩 다진 소로가 겨우 임도 비슷한 역할을 하고 있었다.

일행은 30분 정도 더 걸어 들어갔다. 숲은 그 위용을 과시하듯 상당히 넓었고, 딱히 오르막이 없다고는 해도 바닥이 워낙 울퉁불퉁해 걸음을 내딛기가 힘들었다. 역시 해는 거의 안 비쳤다. 저녁으로 향해 가는 시간이라는 걸 고려해도 지나치게 어두웠다. 기온도 달랐다. 오늘은 분명 35도를 웃도는 무더위가 예보돼 있었고 실제로도 그랬지만, 빨래 숲은 서늘했다. 맨살에 닿는 바람이 예리하다고 느낄 정도였다.

"모두 기대되지 않아요?"

앞서가던 모모가 뒤를 돌아보며 물었다.

"뭐가요?"

이선미가 되묻자, 모모는 싱글싱글 웃으며 대답했다.

"언제쯤 자살한 사람을 만날지!"

"어휴! 끔찍하잖아요."

어울리지 않게 반응하는 이선미를 향해 스너프가 말했다.

"다들 그런 거 기대하고 온 거 아닌가? 흐흐."

선두에 서서 계속 걷던 바늘 역시 일행을 돌아보며 물었다.

"그런데 혹시 들려요?"

"아무 소리도 안 들리는데……."

그 말을 한 즉시 민시현도 이상하다는 사실을 깨달았다. 저절로 눈이 커졌다. 그런 민시현을 보며 바늘이 고개를 끄덕했다.

"그렇죠? 아무 소리도 안 들리는데…… 이게 이상해요. 이런 숲에선 새소리며 벌레 소리가 귀청이 떨어질 정도로 들려야 하잖아요."

"어라? 그러고 보니 하나도 안 들리네?"

스너프가 호기심 어린 표정으로 주위를 두리번거렸다. 민시현 역시 나무 사이를 유심히 관찰했다. 없었다. 바람에 흔들리는 나뭇가지와 짙푸르다 못해 검어 보이기까지 하는 선형의 나뭇잎 말고는 어떠한 생명의 움직임도 없었다. 으레 나뭇가지 사이를 돌아다닐 법한 청설모도 보이지 않았다.

"그런 거 아닐까요? 이곳을 떠도는 원혼 때문에 살아 있는 건 모두……."

모모가 말하던 그때였다. 손각시가 찢어질 듯 비명을 질렀다.

"꺄아!"

손각시는 비명으로도 모자라 제자리에서 펄쩍펄쩍 뛰었다. 나머지 일행은 너무 놀라 멍하니 보고만 있었다. 그나마 바늘이 재빨리 움직여 손각시의 양쪽 어깨를 잡았다.

"진정하세요. 왜 그러시죠?"

"손등에…… 손등에 벌레가…….”

그렇게 말하며 손각시는 바닥을 가리켰다. 이미 손등에서 떨어진 채 꿈틀거리는 그건 누런색 애벌레였다. 통통하고 거대한 몸체를 열심히 밀면서 애벌레는 천천히 멀어지고 있었다.

"손각시 님은 겁이 없을 줄 알았는데. 허허."

모모가 웃으며 말했다. 손각시는 바지에 손등을 몇 번이나 문질렀다. 그걸 본 이선미가 한마디를 던졌다.

"여기도 생명이 사는 건 확실하네요."

다시 30분 정도를 더 걸었을 때 완만한 지형의 넓은 장소가 나왔다. 마치 야영을 위해서 일부러 만들어놓기라도 한 듯 울퉁불퉁하지도 않았고 나무 역시 그곳만 자라지 않았다. 둥글게 둘러선 나무는 마치 벽처럼 보이기도 했다.

"여기가 딱이네!"

스너프의 말이 끝나자마자 모모는 배낭을 내려놓으며 바로 주저앉았다.

"아오. 전 더 못 가요. 그냥 여기로 해요."

다들 지쳐 있기는 했다. 민시현도 숨이 차오르는 걸 간신히 참고 있었다. 다리도 뻐근했다. 특히 무릎이 아팠다. 그만큼 길이 험했다. 발목을 삐지 않고 이곳까지 온 게 다행이라고 생각될 정도였다.

"그래요. 여기가 딱 좋겠네요. 다들 한곳에 짐 내려놓고, 텐트를 치죠. 남자 셋이 텐트 설치를 할 테니까 나머지 분들은 짐 정리를 도와주시겠어요?"

바늘도 역시 배낭을 내려놓으며 말했다. 모두 찬성이었다. 바늘과 스너프는 야영에 익숙한 듯 텐트를 치기 시작했다. 모모가 옆에서 거들었지만 큰 도움은 안 되는 것 같았다. 민시현은 그걸 보고 있다가 이선미에게 속삭였다.

"나 화장실 좀."

"응. 다녀와."

소변이 마려웠는데 여태 참고 있던 민시현이었다. 그러고 보니 앞으로 나흘간 화장실은 어떻게 할지, 씻는 건 또 어떻게 할지 그 모든 게 막막하기만 했다. 도대체 이런 곳에서 왜 사흘이나 잠을 자야 하는지 그것도 모를 일이었다. 애초에 목적도 불분명했다고 생각하면서 민시현은 뒤늦게 후회했다.

야영지에서 한참 떨어진 곳까지 가 바위 뒤편에서 소변을 본 민시현은 부랴부랴 돌아왔다. 그때는 이미 각자의 배낭에서 꺼낸 크고 작은 짐이 널브러져 있었다. 텐트 하나는 설치가 끝나 한쪽에 서 있었다. 민시현은 그 텐트 안에 짐을 넣는 이선미를 보고 무심코 보조백 하나를 들어 올렸다. 때마침 가방 안에 들어 있던 빨간색 칼이 툭 떨어졌다. 흔히 맥가이버칼이라고 부르는 스위스 아미 나이프였다. 민시현은 그걸 주워 들었다.

그 순간이었다.

익숙하지만 여전히 불쾌한 그 느낌이 찾아왔다.

누군가가 바닥에 주저앉아 있다. 그 사람을 둘러싸고 선 여러 사람의 발이 보인다. 주저앉은 사람은 겁에 질린 듯 숨을 몰아쉰다. 숲이다. 바닥에 깔린 흙은 검은색이다. 나무가 빽빽하게 서 있다.

흠... 흠... 흠....

짧고 단조로운 소리가 이어진다. 여러 사람이 내는 소리다.

공명하듯 소리가 맴돈다. 공기가 떨리는 느낌이다. 소리는 커졌다가 작아졌다가를 반복하며 리듬을 만들어낸다. 이윽고 모든 소리가 뚝 멈춘다. 두 사람이 각각 겨드랑이로 팔을 끼워 넣어 억지로 일으킨다. 주저앉아 있던 사람은 발버둥쳐보지만 이내 단념한 듯 축 늘어진다.

시야가 바뀐다. 무리의 뒤편에 사다리가 서 있다. 꽤 높은 A형 사다리다. 그곳으로 끌려간다. 헉헉. 불안과 공포, 그리고 통증을 동반한 거친 숨을 내뱉는다. 그는 사다리 앞에서 마지막으로 버텨본다. 올라가지 않으려고, 다리를 움직이지 않으려고 노력한다. 그때 다시 소리가 들린다.

흠... 흠... 흠....

그의 몸에서 힘이 빠져나간다. 두 사람의 부축을 받으며 터덜터덜 사다리를 오른다. 끝까지 오르자 굵은 나뭇가지에 닿는다. 가지의 중간에는 질긴 밧줄이 둥근 매듭을 지은 채 매달려 있다. 그가 매듭 안으로 머리를 넣는다. 지금껏 소리 내며 그를 압박하던 이들은 모두 바닥에 엎드려 있다.

'희생하십시오.'

낮고 음산한 목소리가 말한다. 다음 순간, 사다리가 치워진다. 그는 목이 매달린 채로 허공에서 발버둥 친다. 숨이 막힌다. 고통스럽다. 너무나 고통스럽다. 분노가 치밀어 오른다. 고통이 온몸을 휘감는다. 코 안쪽이 따갑다. 목을 쥐어뜯는 것 같다. 꾸륵꾸륵. 몸속 저 깊은 곳에서 이상한 소리가 올라온다. 심장이 터질 듯 뛴다. 눈알이 튀어나온다. 눈알만이 아니다. 구멍이란 구멍에서는 액체가 흘러나온다. 관자놀이에 찌르는 듯한 통증이 날아든 직후 몸의 힘이 빠진다. 축 늘어진다. 삐걱. 나뭇가지가 그런 소리를 낸다. 이제 그는 움직이지 않는다.

"헉!"

민시현은 현실로 돌아왔다. 눈앞이 확 밝아지며 어두컴컴한 숲이 시야에 들어왔다. 마치 자기가 목이 졸린 듯 숨 쉬기가 힘들었다. 입을 한껏 벌리고 공기를 폐로 밀어 넣었다. 그러기를 몇 번 반복하니 어느 정도 살 것 같았다. 천천히 정신을 차리는 가운데 민시현은 깨달았다. 이 맥가이버칼은 망자의 물건이라는 사실을.

그렇다면 두 가지 가능성이 있었다.

누군가가 죽은 이의 물건을 들고 있다는 가능성.

또 하나는…… 그 누군가가 맥가이버칼의 주인을 죽였다는 가능성.

CHAPTER 3: 공수

 윤동욱은 정면을 보며 어색하게 웃었다. 옆에는 부담스러울 정도로 얼굴을 바짝 들이민 중년 여성이 그야말로 환하게 웃고 있었다.
 "찍을게요!"
 중년 여성이 그 말과 함께 핸드폰 카메라로 사진을 찍었다. 찰각하는 소리가 나더니 윤동욱과 여성, 두 사람 얼굴이 화면에 떴다. 여성은 사진을 확인하고는 만족한 듯 좋아했다.
 "어휴. 우리 법사님은 사진도 잘 받으셔."
 "그런가요?"

윤동욱은 여전히 어색한 웃음을 감추지 못했다. 중년 여성은 핸드폰을 가방에 넣고 일어났다. 얼굴에는 만족감이 가득했다.

"그러면 가볼게요. 고마워요, 법사님."

중년 여성이 나가고 나서야 윤동욱은 참았던 한숨을 토해냈다. 몇 번 TV에 나가서 화제가 된 뒤로 이렇게 같이 사진 찍기를 원하는 이들이 생겨났다. 그들 눈에는 젊고 잘생긴 데다가 체격도 좋은 박수무당이 신기하게만 보이리라. 처음에는 한사코 마다했지만, 워낙 그런 요청이 많아서 요즘에는 가급적 함께 사진을 찍는다. 윤동욱도 안다. 그렇게 찍은 사진이 SNS에 올라가고, 그걸 통해 윤동욱, 아니 윤 법사가 자연스럽게 홍보된다는 사실을. 그 덕분에 초보 무꾸리로는 감사할 정도로 법당은 지금껏 잘 운영되고 있다.

신엄마인 애기신녀의 죽음, 그리고 끔찍했던 현천강 사건 이후 윤동욱 역시 많은 변화를 겪었다. 민시현이 그런 변화 속에서 잠수를 선택했다면, 반대로 윤동욱은 쏟아지는 관심과 일부의 의심 어린 시선을 고스란히 받아냈다. 누군가는 그렇게 해야 사건이 빨리 잠잠해지리라는 생각 때문이었다. 경찰 조사에서 물귀신이라는 단어는 빠졌다. 당연한 일이었다. 윤동욱도 굳이 그걸 주장하지는 않았다. 다만 현장에서의 지노귀굿 상황, 거기서 발생한 불행한 일에 대해서는 무속인의 관점에서 이야기했고, 이것이 방송국의 관심을 끌었다. 몇몇 프로그램에 출연하게 됐던 건 그런 이유 때문이었다.

마지막 손님이었던 중년 여자가 갔으니 이제는 혼자만의 시간이었다. 윤동욱은 다리를 쭉 펴서 몸부터 풀었다. 내내 양반다리를 하고 있으면 다리부터 등까지 모두 굳는다. 기지개를 켜서 가볍게 스트레칭까지 한 뒤 천천히 일어섰다. 이제는 모시는 신령님께 기도드리고 공수를 받을 시간이었다.

하루의 시작과 마무리는 꼭 기도가 함께했다. 정성스럽게 기도를 올리고 신령님의 말씀, 즉 공수를 받는다. 이것은 윤동욱이 법당을 차린 후 매일같이 지켜온 의식이었다.

"오늘도 감사했습니다."

신령님을 모신 제단을 향해 절을 했다. 깊숙이 허리를 숙여 오래 엎드려 있는다. 그동안 마음속으로 계속 감사의 말을 되뇐다. 다시 상체를 들고는 두 손을 모은다. 이제부터 온 신경을 집중해 기도를 올린다.

"영험하신 신령님……."

쾅쾅!

갑자기 들린 문 두드리는 소리에 윤동욱의 기도가 멈췄다. 저녁 8시, 이미 영업시간은 끝났고 다음 예약 손님은 없다. 그렇다는 건 찾아올 사람이 없다는 뜻이었다. 더군다나 멀쩡한 초인종을 두고 현관문을 세게 두드리는 것도 이상하다. 윤동욱은 일어나 현관으로 향했다.

법당은 서울 변두리의 빌라에 마련했다. 주거 공간과 일터를 한곳에 둔 셈이었다. 그게 돈을 아끼는 가장 현실적인 방법이었다. 밤중에 찾아온 불청객이 계속 문을 두드려댄다면 이웃에게 민폐다. 안 그래도 법당을 운영하고 있어 눈치를 보게 되는데 책잡혀 봐야 좋을 게 없다. 윤동욱은 얼른 물었다.

"누구십니까?"

"법사님! 제발 좀 도와주세요!"

목소리의 주인은 남자였고, 무척 다급하게 느껴졌다.

"무슨 일이시죠?"

윤동욱은 다시 물었다.

"아이가…… 지, 지금 죽을 지경에 처해서……."

아이라는 말에 윤동욱의 마음이 조금 느슨해졌다. 동시에 직접 봐야겠다는 생각 역시 하게 되었다. 맹신하는 사람 중에는 명백히 병원부터 가야 하는 상황에서도 아픈 사람을 무속인 앞으로 데려온다. 참신령을 모시는 무꾸리라면 그럴 때 병원에 가라는 조언을 해주어야 한다. 그것이 애기신녀의 가르침이기도 했다. 무꾸리의 능력을 벗어난 일에는 손대지 말 것.

"열어드리겠습니다."

문을 열었다. 중년의 남자가 여자아이를 업고 있었다. 남자는 땀을 뻘뻘 흘렸고, 여자아이는 축 늘어진 상태였다. 그 아이를 본 순간 윤동욱은 할 말을 잃었다. 아이 등 위쪽으로 검은 기운이 일렁이고 있었다.

부정한 것이 들러붙었다…….

윤동욱은 바로 알아차렸다.

"들어가도 됩니까?"

남자가 잠긴 목소리로 물었다. 윤동욱은 퍼뜩 정신을 차렸다.

"네. 들어오시죠."

윤동욱이 비켜서자 남자는 신발을 팽개치듯 벗고는 거실로 들어섰다. 윤동욱은 법당으로 꾸며놓은 방을 가리키며 다시 말했다.

"저쪽으로."

"네."

남자가 법당으로 들어가자마자 아이를 눕혔다. 예닐곱 살쯤 됐을까, 아이는 단발머리에 얼굴이 갸름했다. 눈은 감았는데 속눈썹이 파르르 떨리고 있었다. 그때까지도 검은 기운은 사라지지 않았다. 아니, 오히려 더 선명하고 짙어져서 아이의 몸을 칭칭 감고 있었다.

"어떻게 된 겁니까?"

윤동욱이 물었다.

"일단 저는 민종호라고 합니다. 며칠 전부터 제 딸이 뭐에 씐 듯 이상한 행동을 자꾸 해서 병원에 데려갔더니 이상이 없다고만 하고……."

"증상이 어떻습니까?"

윤동욱이 그렇게 물었을 때였다. 가만히 누워 있던 아이가 발작하기 시작했다. 팔다리를 부들부들 떨며 게거품까지 물던 아이는 돌연 벌떡 일어나 앉았다. 누가 머리채를 잡고 일으키기라도 한 듯 아무런 예비 동작도 없이.

"저, 저거 보세요!"

남자가 딸을 가리키며 외쳤다. 아이의 목이 쭉 길게 늘어난다 싶더니 천천히 뒤로 넘어왔다. 계속…… 계속…… 도저히 불가능하다고 생각될 정도의 각도로 넘어온 목 때문에 아이의 얼굴이 거꾸로 보였다. 위쪽으로 향해 있는 입이 가늘게 갈라졌다. 곧 기괴한 웃음이 울려 퍼졌다.

기치치치치치.

윤동욱은 똑똑히 봤다. 검은 기운이 길게 늘어져 아이의 사지를 붙든 채 마음대로 움직이는 것을. 아이에게 붙은 그것은 다시 웃었다.

기치치치치치.

"아이가 최근에 어딜 다녀온 적 있습니까?"

"숲에, 숲에 소풍 다녀온 후로 저래요!"

남자가 윤동욱의 질문에 그렇게 대답했다. 숲? 숲에서 가서는 안 될 곳에 들른 건가? 만져서는 안 되는 것을 만진 건가? 아니면…… 봐서는 안 될 것을…….

윤동욱의 추측은 더 이어지지 못했다. 그 거슬리는 웃음이 계속되는 가운데 아이가 갑자기 일어섰기 때문이었다. 그와 동시에 사특한 기운이 몸피를 불렸다. 어느새 제자리로 돌아온 아이의 얼굴 위로 검은 기운이 일렁이다가 쫙 뻗어나갔다. 그 모양이 마치 나뭇가지 같다고 생각했을 때, 아이의 뒤꿈치가 허공에 떴다. 고개가 들렸다. 땀에 젖은 머리카락이 뒤로 축 늘어졌다.

"시현아!"

남자가 딸의 이름을 부른 순간, 그 아이가 윤동욱 앞으로 휙 날아왔다. 긴 목이 완전히 한 바퀴 돈 채로 윤동욱과 아이 얼굴이 딱 마주쳤다.

기치치치치치.

귀를 찢는 웃음 사이로 아이 목소리가 들렸다. 들어본 목소리였다.

"구해줘요!"

"아!"

윤동욱은 그런 소리를 내뱉으며 눈을 떴고, 자기가 절하는 자세 그대로 엎드려 있다는 걸 깨달았다. 천천히 일어난 윤동욱은 멍한 눈으로 주위를 둘러봤다. 변한 건 아무것도 없었다. 당연히, 방문자도 없었다.

방금은 뭐였지?

꿈은 아니었다. 현실인 듯 너무나 생생했다. 그렇다고 예지였던 것도 아니었다. 자기가 본 건 분명히 어린 시절의 민시현이었다. 확실했다. 아이였지만 어른 민시현의 모습이 담겨 있었다. 그렇다면…… 혹시 이게 공수는 아닐까? 신령님은 종종 여러 형태로 자기의 뜻을 전달한다. 때로는 과거를 밝혀주고, 때로는 앞날을 넌지시 알려주며, 또 때로는 닥쳐올 재앙을 경고하기도 한다. 만약 이것이 윤동욱에게 전하는 경고였다면 그건 민시현이 위험에 처했다는 뜻이 된다. 아이를 둘러쌌던 검은 기운은 감히 다가설 수 없을 정도로 날카롭고 예리했으며 동시에 그 어둠의 속내를 짐작할 수도 없을 만큼 짙고 두터웠다.

민시현…….

윤동욱은 그 이름을 가만히 떠올렸다. 그 작가와는 지난 일 년간 한 번도 만난 적이 없었다. 연락도 안 했다. 경찰에서 진술할 때 잠깐 마주친 게 마지막이었다. 굳이 피하려고 하진 않았지만 그렇다고 맺어지려 애쓰지도 않았다. 무꾸리가 된 이상 인연은 신령님 뜻에 따를 수밖에 없다. 인연이 되고자 한다면 무리하지 않아도 신령님이 맺어주실 테고, 그게 아니라면 아무리 용을 써도 다시 만나지 못한다. 민시현과는 크나큰 비밀을 공유하고 죽음의 고비를 넘긴 사이다. 언젠가는 또 인연을 이어가게 되지 않을까…… 그런 생각만 하면서 지난 1년을 바쁘게 보냈다. 그랬는데 덜컥 끔찍한 공수를 받았다.

한동안 망설이던 윤동욱은 핸드폰을 들어 민시현에게 전화를 걸었다. 메시지를 보낼 수도 있었지만 위급한 상황이면 전화가 낫지 않나 싶었다. 몇 번 신호음이 떨어진 후 상대방이 전화를 받았다.

"여보세요?"

걸걸한 남자 목소리였다.

"아! 안녕하세요? 혹시 민시현 씨와 통화할 수 있을까요?"

윤동욱은 최대한 정중하게 물었다.

"민시현? 아…… 잠잠하다 했더니 또 찾네! 이거 민시현 번호 아니니까 그만 끊어요. 내가 이 번호로 바꾼 지 거의 일 년이

돼가요. 여기저기서 전화해 가지고 민시현을 찾아…… 쯧!"

전화는 뚝 끊겼다. 윤동욱은 연락처 목록만 떠 있는 핸드폰 화면을 오래 내려다봤다. 민시현은 전화번호도 바꾼 채 세상의 관심에서 멀어진 것 같았다. 그 심정을 헤아릴 수 있었다. 다만 그의 안전을 확인할 수 없다는 게 문제였다.

어떻게 하면 좋을까?

여러 방법을 고민해 봤다. 경찰에 신고하는 것까지도. 물론 그건 실현 불가능했다. 마땅히 설명할 말이 없었다. 공수를 받아서 민시현이 위험에 처했다는 걸 알게 됐다고 말하면, 백이면 백 미친놈 취급할 것이다.

윤동욱이 한창 고민하고 있을 때 전화가 걸려 왔다. 옥도령이었다. 바로 전화를 받았다.

"어쩐 일이야?"

그렇게 묻자 옥도령이 다급한 목소리로 말했다.

"형님! 그, 그 작가님 이름 뭐였죠? 작년에 현천강 말이야!"

"민시현?"

윤동욱의 목소리도 커졌다. 설마…….

"맞아요. 그분이랑 지금 연락 돼요?"

"왜 그러는데?"

"아니, 그분이 내 꿈에 나왔어! 꿈이 맞는지도 모르겠는데…… 아무튼 민시현 그 작가가 아주 험한 일에 엮인 것 같아. 목숨이 위험할 만한 그런 일."

"아무래도 같이 찾아봐야겠네."

"뭐?"

"내일 아침, 여기로 와. 무구 챙기고."

윤동욱이 말했다.

CHAPTER 4: 야영

맥가이버칼의 주인은 찾을 수 없었다. 텐트 앞 여러 짐 사이에 두고 누가 가져가는지 지켜보고 있었는데 어느 순간 사라져 버렸다. 민시현은 찜찜함을 가누지 못한 채 일어나 움직이기 시작했다. 어느새 저녁이었다. 바늘이 두 개의 텐트 입구에 달아놓은 랜턴 빛이 무색할 정도로 주위는 어두웠다. 그물처럼 빽빽하게 얽히고설킨 나뭇가지는 달빛이나 별빛도 쉬이 허락하지 않았다. 숲 전체를 진하게 농축된 어둠이 뒤덮고 있었다. 손을 뻗어 휘저으면 그 어둠이 일렁일 것만 같았.

"저도 도울게요."

민시현은 저녁을 준비 중인 사람들 틈으로 들어갔다. 모모와 손각시가 버너 앞에 앉아 있었다. 버너 위 코펠에는 물을 끓이는 듯 이미 보글보글 소리가 났다.

"즉석밥이랑 카레 데울 거니까 금방 끝나요. 사이코 님은 좀 더 쉬세요."

모모가 의외로 서글서글하게 말했다. 이런 숲에서 불까지 사용해 취사하면 안 된다는 걸 알았지만 다들 조심하자며 그냥 넘어갔다. 스너프는 모닥불까지 피울 생각인 듯했다. 민시현은 이 모든 상황이 불편했다. 맥가이버칼이 머릿속 한구석에 계속 남아 있는 데다가 앞으로 사흘이나 이곳에서 지내야 한다니 앞이 막막했다. 이선미의 제안을 너무 섣불리 수락한 게 아닌가 하는 후회가 뒤늦게 밀려왔다. 그러고 보니 이선미가 보이지 않았다.

"혹시 스티븐 보셨어요?"

민시현이 모모와 손각시에게 물었다.

"아까 숲 안으로 들어가던데……."

손각시가 어둠 속을 가리키며 말했다.

"아! 네."

민시현은 그렇게 대답하며 핸드폰 플래시에 의지해 손각시가 가리킨 방향으로 향했다. 그러면서 이선미에게 메시지를 보내려 했다. 신호가 잡히지 않았다. 안테나가 하나도 뜨지 않고 대신에 '통화권 이탈 표시'만 생겨났다. 이렇게 되면 메시지는 물론이고 전화도 안 된다. 와이파이를 잡을 수 없는 이상 핸드폰 자체가 무용지물이다.

기지국 신호가 안 잡힐 정도로 깊은 숲, 거기에 망자의 기억이 얽혀 있는 물건까지…….

아무래도 예감이 안 좋았다.

제법 들어갔지만, 이선미는 보이지 않았다. 숲은 이제 완전히 컴컴해졌다. 순식간이다. 어둠은 늘 소리 없이 다가와 흔적 없이 사방을 물들인다. 어둠을 인식한 순간에는 이미 늦게 마련이다. 도망가려면 그것이 슬쩍 한 발을 집어넣으며 시야 밖에서부터 다가오는 그때를 노려야 한다. 그걸 놓치면…… 어둠이, 왔던 그대로 조용히 물러나길 기다리는 수밖에 없다. 부디 아무런 사고도 생기지 않길 바라면서.

"이선미. 선미야."

조용히 친구의 이름을 불렀다. 대답은 돌아오지 않았다. 민시현은 핸드폰 플래시로 주위를 비췄다. 보이는 거라고는 촘촘하게 늘어선 나무뿐이었다. 어둠에 잠긴 나무는 더 거대하고 우람해 보였다. 플래시 불빛이 훑고 갈 때마다 나무는 다양한 표정을 지었다. 수피와 옹이구멍이 만들어내는 나무의 인상은 섬뜩하게 다가왔다. 게다가…… 똑같은 곳을 다시 비춰도 나무의 모양은 다 달랐다. 서늘한 바람이 불어왔다. 순간, 나무가 일제히 울었다.

스스스스스.

스스스스스.

스스스스스.

민시현은 가만히 서서 바람이 지나가길 기다렸다. 그때 빛의 가장자리에서 뭔가가 움직였다. 제법 커다란 실루엣이었다.

"선미……."

그렇게 부르려다가 민시현은 말을 삼켰다. 이상했다. 만약 사람이라면 상대방도 플래시를 비춰야 했다. 이 어둠 속에서 그냥 움직일 수는 없는 노릇이었다. 방금 움직인 무언가는 아무런 빛도 내지 않았다. 잠시 망설이던 민시현은 그것을 따라 핸드폰을 오른쪽으로 천천히 옮겨가며 비췄다. 턱없이 미약한 불빛이 어둠을 간신히 밀어내며 몇 미터 앞을 밝혔다. 그것이 나무 사이로 지나갔다. 쓱. 기척만 있을 뿐 소리는 없었다. 거기다가 빨랐다. 민시현이 아예 몸을 돌려가며 그것의 움직임을 따라가려 했지만 불가능했다. 나무와 나무 사이로 옮겨 다니며 절대 본체를 보여주지 않는 그것은 결국 민시현의 뒤로 다가왔다. 서너 걸음 뒤, 두툼한 전나무 틈 사이에서 무언가가 도사리고 있었다. 몸이 굳었다. 움직여야 한다는 걸 알면서도 다리가, 그리고 팔이 그 자리에서 멈췄다. 마치 한 그루 나무처럼.

스스스스스.

다시 바람이 불었다.

뒤에서 기척이 다가왔다.

민시현은 입술을 깨물었다. 으으, 하는 신음이 새어 나오려 했지만 억지로 참았다. 그때였다. 어둠 속에서 소리가 들렸다.

"사이코 님?"

뒤이어 불빛이 날아들었다. 핸드폰 플래시는 비교할 수 없을 정도로 밝고 환했다. 어둠이 성큼 물러났다. 뒤쪽의 그것도.

"네! 맞아요."

그렇게 대답하자 불빛이 얼굴 쪽으로 달려왔다. 민시현은 눈이 부셔 고개를 돌렸다. 어둠을 헤치며 다가온 사람은 바늘이었다. 그는 커다란 손전등을 들고 있었다.

"찾으러 왔어요. 스티븐 님이 걱정하셔서."

바늘이 말했다.

"선미, 아니 스티븐은 어디 있어요?"

민시현이 물었다. 아무리 생각해도 의아했다. 바늘은 정면에서 왔는데 거긴 숲 안쪽이었다. 분명히 뒤편이 야영장인데…….

"텐트에 있어요. 이제 막 저녁 먹으려고요."

"어? 텐트는 이 뒤쪽 아닌가요?"

민시현은 뒤로 슬쩍 고개를 돌리며 물었다. 그러자 바늘이 희미하게 웃으며 말했다.

"이렇게 어둡고 비슷한 풍경이 계속되는 곳에서는 방향 감각이 오작동을 일으킬 때가 종종 있어요. 텐트는 저쪽에 있어요."

바늘은 자기가 왔던 길 쪽을 가리켰다. 민시현은 당황할 수밖에 없었다 완전히 반대로 움직였다. 이상한 것이 돌아다니는 숲에서 길까지 잃었다면……. 생각하기도 싫었다. 민시현은 바늘을 향해 조심스레 다시 물었다.

"혹시 뭐 보신 거 없으세요?"

"어떤 거요?"

"아니…… 방금 분명히 숲에서 뭔가가 돌아다닌 것 같아서요."

"글쎄요. 전 못 봤는데. 여기도 분명 사슴이나 고라니 같은 동물이 살 거예요. 걔들, 의외로 야행성이거든요. 밤에 마주치면 무섭긴 하겠지만 해치진 않으니 너무 걱정하지 마세요. 자, 가시죠."

바늘은 그 말과 함께 먼저 걸음을 옮겼다. 민시현은 서둘러 그 뒤를 따랐다.

"정말로 조용해. 여기 우리만 있는 것 같죠?"

이선미가 말했다. 여섯 명 모두 모닥불 앞에 둘러앉아 있었다. 가끔 불똥이 튀며 타닥타닥 소리만 날 뿐 야영지는 물론 숲 전체에 정적이 맴돌았다. 이상하게도 이선미의 목소리마저 어둠 속에 잠기는 듯했다.

"우리만 있다면 그건 그것대로 무섭네요."

바늘이 말했다. 전혀 무서워하지 않는 표정으로. 바늘과 스너프, 두 사람은 야영에 익숙한 듯 척척 자기 일을 해냈다. 야영지 중앙에 마른 가지를 쌓아 모닥불을 피운 건 역시 스너프였다. 그는 튼실한 근육을 자랑하며 쓰러진 나무나 뒹굴고 있는 바위 등을 옮겨와 여섯 사람이 앉을 자리도 마련했다. 덕분에 저녁을 편하게 먹을 수 있었다. 식사가 끝난 뒤에는 약속이라도 한 것처럼 모두 모닥불을 멍하니 보고 있었다. 그러다가 이선미가 입을 연 것이었다.

"자, 그러면 이제 뭘 할까요? 돌아가면서 무서운 이야기라도?"

모모는 잔뜩 기대하는 표정이었다. 아무래도 떠드는 것 자체를 좋아하는 게 틀림없다고 민시현은 생각했다. 그러면서 한편으로는 맥가이버칼이 보여준 그 장면을 계속 떠올렸다. 흙의 색깔과 주변 풍경으로 봤을 때 사건이 벌어진 현장은 바로 이 숲이었다. 수상한 의식이 진행됐고, 맥가이버칼의 주인은 죽음을 맞이했다. 도대체 누가, 왜 이런 사건을 저지른 것일까? 무엇보다…… 맥가이버칼은 여기 있는 다섯 명 중에 누구와 관련 있는 걸까? 머릿속이 복잡했다. 마음 같아서는 내일이라도 당장 숲을 떠나 집으로 돌아가고 싶었지만 그건 불가능한 일이었다. 그렇다고 자기가 본 걸 모두에게 이야기할 수도 없었다. 살인자가 섞여 있는 거라면 민시현의 말 한마디로 모두가 위험에 처할 수도 있으니.

"에이, 그런 평범한 거 하려고 여기까지 왔겠어요?"

스너프가 피식 웃으며 말했다. 그가 몸을 움직일 때마다 방울 소리가 작게 들렸다. 혹시 멧돼지라도 나타나면 위험하니 자기가 가져왔다며 방울 하나를 허리춤에 단 게 불과 1시간 전이었다. 산짐승은 방울 소리에도 쉽게 겁을 먹어 도망친다는 게 스너프의 논리였다.

"그림요? 따로 준비한 게 있어요?"

모모가 물었다. 그러자 바늘이 다시 입을 열었다.

"네. 제가 장비를 좀 준비해 왔거든요."

"장비요? 무슨……."

바늘은 모모의 말에 바로 일어나 텐트에서 자기 배낭을 들고나왔다. 그러더니 배낭을 열고 민시현은 처음 보는 여러 기기를 꺼내기 시작했다. 카메라나 녹음기처럼 생겼는데 외관이 조금씩 달랐다. 바늘이 그것들을 늘어놓고 하나씩 들어 보이며 설명했다. 처음은 핸드폰보다 조금 큰 크기의 상자형 기계였다.

"이건 EMF 측정기. 아시는 분도 계시겠죠. 전자기장을 측정해서 심령 에너지를 찾는 장비죠."

"오! 설마 준비했다는 게 고스트 헌팅?"

모모가 반색하며 말하자 바늘은 고개를 끄덕였다.

"맞아요. 그래서 여러 장비를 준비했죠. 여기 이 녹음기는 EVP 녹음기로 인간이 들을 수 없는 음역대까지 다 잡아내서 유령 소리까지 녹음하는 거죠. 다음으로 보실 건 이건데요, 이 까맣고 동그랗게 생긴 게 온도 감지 센서기죠. 심령 현상이 벌어지면 주위 온도가 내려간다고 하잖아요. 그래서 그걸 측정하는 거! 마지막으로 보실 게…… 적외선 카메라. 보통은 그냥 찍는데 적외선 모드로 변경하면 빛이 없는 공간에서도 충분히 뭔가를 잡아낼 수 있어요."

"와! 이것들 전부 유튜브에서만 보던 거예요! 고스트 헌터들이 들고 다니던데."

이선미가 바늘이 소개한 장비를 만지며 신기해했다.

"짠! 여기에 하나 더하자면, 전 핸드폰에 유령 탐지 앱을 깔았어요. 다들 깔아보세요. 진짜인지 아닌지 궁금하잖아요. 크크."

스너프는 호들갑을 떨며 자기 핸드폰을 보여줬다. 민시현은 슬쩍 보고 말았다. 아마 카메라와 연동해 유령의 위치를 알려주는 것 같았다. 저런 앱이 진짜라면 이미 난리가 났을 것이다. 그나저나 스너프의 핸드폰 역시 신호가 안 잡혔다. 민시현은 주저하다가 그걸 말해줬다.

"여기 핸드폰이 안 터져요. 아마 앱도 실행이 안 될 거예요."

"어? 진짜네. 에이, 어쩔 수 없죠."

스너프는 딱히 실망한 것 같지 않았다. 바늘이 다시 말했다.

"모모 님 말처럼 오늘 밤엔 고스트 헌팅을 해볼 겁니다. 흩어져서 다니는 건 위험하니까 야영지 근처로 이 장비를 들고 돌아다녀 보는 거죠."

이선미가 바로 물었다.

"이런 거 전에도 해보셨어요?"

"네. 해봤죠. 실은 저도 유튜브 채널을 하나 만들어볼까 고민 중이에요."

"와! 잘 어울려요."

고스트 투어를 시작한 후로 날카롭게 독설을 던지는 편집자 이선미의 자아는 사라진 듯했다. 미니 크로스백을 메고 폴짝폴짝 다니는 건 같았지만 표정이 아이처럼 변했다. 그 순수

한 표정으로 작은 일에도 일일이 크게 반응하는 친구를 보며 민시현은 낯설다고 생각했다. 사실 여럿이 며칠 밤을 보내는 것 정도야 민시현에게 그리 드문 일도 아니었다. 불과 1년 전 방송 작가로 일할 때는 지방 출장이 비일비재했으니까. 다만 그때와 지금은 목적이 완전히 달랐다. 그 시절에는 일이라서 어쩔 수 없었지만…… 지금은 온전히 유희를 목적으로 여기에 와 있다. 그 지점이 어색했다. 한편으로는 자기가 초자연적인 사건이니 심령 현상이니 하는 걸 순수하게 즐기지 못한다는 사실을 받아들이는 시간이기도 했다. 그냥 즐길 거리로 치부하기에는 두 가지가 다 민시현과 지나칠 정도로 가까웠다.

"그러면 슬슬 움직일까요? 우리 모임장님이 선두에 서고, 제가 맨 마지막에 따라갈게요."

스너프가 말했다. 민시현은 어쩔 수 없이 일어났다. 분위기를 망치기도 싫었고, 무엇보다 텐트에 덩그러니 혼자 남기도 싫었다.

"진짜 뭐라도 나타나면 완전 대박이잖아요!"

흥분을 감추지 못하는 건 이선미만이 아니었다. 모모 역시 들뜬 목소리로 말하며 냉큼 바늘 뒤에 붙었다. 그런 식으로 자연스레 줄을 서게 되었다. 바늘이 맨 앞, 그다음이 모모, 그 뒤가 차례대로 이선미, 민시현, 손각시, 그리고 마지막이 스너프였다. 바늘은 어느새 손전등을 넣고 헤드 랜턴을 쓴 다음 자기가 소개한 각종 기기를 양손에 들었다. EVP 녹음기는 모모에게 넘겼다. 녹음이 잘 되게 팔을 앞으로 뻗은 채 걸어달라고 하면서.

길게 늘어선 여섯은 야영지에서 벗어나 숲 안으로 들어갔다. 각자 핸드폰 플래시를 켰는데도 각다귀처럼 달라붙는 어둠은 도망갈 생각을 안 했다. 모닥불에 익숙해져서인지 숲이 한층 더 어둡게 느껴졌다. 이선미가 살짝 돌아보며 속삭였다.

"진짜 기대돼! 넌 안 신나?"

기대감에 젖은 이선미와 달리 민시현의 머릿속엔 온통 걱정뿐이었다. 맥가이버칼의 미스터리도 풀지 못했는데 여섯 명이 나란히 어둠이 짙은 숲으로 들어가다니……. 게다가 숲에는 분명 이상한 게 있었다. 민시현을 압박해 왔던 그것은 사슴도, 고라니도 아니었다. 그처럼 살아 움직이는 존재가 아니었다.

"발밑을 잘 보면서 걸으세요. 길이 험하니까요."

바늘이 말했다. 그는 헤드 랜턴에 의지해 척척 잘도 걸음을 옮겼다. 오른손으로는 적외선 카메라를 들어 이곳저곳을 촬영했고, 왼손에는 EMF 측정기와 온도 감지 센서기를 같이 들었다.

"보통 이럴 땐 뒤에서부터 한 명씩 없어지잖아요. 나 잡혀가는 거 아냐? 크크."

스너프가 너스레를 떨었지만 민시현은 조금도 재미있지 않았다. 제발 이 우스꽝스러운 놀이가 빨리 끝나길 빌 뿐이었다. 그것도 무사히.

숲은 끝도 없이 이어졌다. 한참을 걸은 것 같은데도 풍경은 달라지지 않았다. 나무, 그리고 또 나무였다. 나무 역시 저마다의 형태를 지니고 있겠지만 어둠 속에서는 하나같이 성난 괴물처럼 보일 뿐이었다. 저 멀리 까마득히 높은 곳에서 아래를 내려다보며 분노를 표출할 상대를 물색하는 괴물. 물론, 민시현은 알고 있었다. 꼿꼿하게 선 거대한 괴물보다 손 닿는 거리에 머무는 음흉한 인간이 더 무섭다는 사실을. 이 중에는 분명 맥가이버칼과 관련한 인물이 있다. 무슨 이유로 속내를 감춘 채 이곳을 돌아다니는지는 몰라도 그 의도가 좋지 않을 거란 건 충분히 짐작할 수 있었다.

띠!

그런 소리가 울린 건 민시현이 한참 딴생각에 빠져 걷고 있을 때였다. 갑자기 들린 소리에 다들 멈춰 섰다. 소리의 진원지인 온도 감지 센서기를 가지고 있던 바늘이 다들 볼 수 있게끔 그걸 높게 든 후에 말했다.

"램프에 파란불 뜬 거 보이시죠? 이거 온도가 내려갔다는 뜻이에요."

 둥근 원판에서 안테나까지 길게 뽑아 흡사 UFO처럼 만들어놓은 온도 감지 센서기는 연신 띠 하는 소리를 쏟아냈다. 그러면서 동시에 파란 불빛을 깜박였다. 뭔가가 일어나길 기다리고 있었다는 듯 다들 술렁거렸다.

 "안 그래도 좀 쌀쌀하다 싶었거든요! 다들 그랬죠?"

 이선미의 질문을 시작으로 모모와 스너프까지 말을 이었다.

 "잠깐, 잠깐. 녹음 잘 되는지도 봐야겠네."

 "오! 첫 번째 신호."

 말이 없는 건 민시현과 손각시뿐이었다. 멀뚱히 선 민시현은 분주하게 움직이는 바늘의 행동에 주목했다. 그는 온도 감지 센서기와 EMF 측정기를 동시에 들여다보며 적외선 카메라 쪽으로도 틈틈이 시선을 돌렸다. 아직 다른 기기는 아무런 변화도 없는 듯 보였다. 다만 온도 감지 센서기가 더 고음을 내며 울어댔다 아무래도 온도가 떨어졌다는 걸 알리는 것 같았다. 아닌 게 아니라 반소매 안으로 파고드는 바람이 훨씬 서늘해지긴 했다. 목덜미를 스치고 가는 바람도 마찬가지였다. 바람은 지나가도 냉기가 그대로 남아 연약한 피부를 자극했다. 민시현은 팔뚝에 오소소 소름이 돋는 걸 느꼈다. 그때였다. 갑자기 모든 게 멈췄다. 숲을 훑던 바람 소리도, 띠 소리도, 기계

음처럼 거슬리던 녹음기 소음도 한 번에 싹 다 사라졌다. 조용했다. 무언가가…… 아니면 저 진하고 걸죽한 어둠이 소리를 모두 빨아먹은 것만 같았다. 사람들의 숨소리마저 안 들렸다. 민시현은 긴장한 채로 다음에 닥쳐올 뭔가를 기다렸다. 이 정적은 분명히 신호였다. 수해(樹海)를 덮칠 큰 파도가 밀려오기 전 소리 없이 빠르게 빠져나가는 물 같은…….

띠!

뻑!

치직!

기기 세 대가 동시에 날카로운 경고음을 쏟아냈다. 온도 감지 센서기에 달린 다섯 개의 램프 모두에 파란불이 들어왔다. EMF 측정기는 막대가 끝까지 길어지며 요란하게 울어댔다. 마지막으로 모모가 든 EVP 녹음기에서는 의미를 알 수 없는 잡음이 귀를 찢을 듯 거슬리는 소리를 내며 울려 퍼졌다. 민시현은 정신을 차릴 수 없었고, 그건 다른 이들도 마찬가지인 듯했다. 단 한 사람, 바늘만은 적외선 카메라를 들여다보며 소리쳤다.

"뭐가 있어요! 바로 앞에!"

민시현은 귀를 막으면서도 바늘이 주시하는 정면을 바라봤다. 적외선 카메라도 그쪽을 향하고 있었다. 카메라 패널에 어두운 숲의 모습이 고스란히 떠 있었다. 회색이 밑바탕에 깔린 상태로 초록색을 덧입혀 놓은 것만 같은 화면이었다. 쭉쭉 뻗은 채 서 있는 나무는 희끄무레했고, 나뭇잎은 숫제 검었다. 전방의 나무 사이에는 적어도 눈으로는 아무것도 보이지 않았다. 다만 적외선 카메라가 잡아내는 풍경은 달랐다. 흰 나뭇가지에 더 희고 투명해 보이는 뭔가가 매달려 있었다. 그것은 마치 그네를 타듯 천천히 흔들렸다. 민시현은 패널을 봤다가 다시 고개를 들었다. 그냥 나뭇가지뿐이었다. 다시 패널로 시선을 돌렸을 때, 손각시가 비명을 질렀다.

"꺄아!"

"괜찮아요?"

뒤를 돌아본 민시현은 깜짝 놀라 그렇게 물을 수밖에 없었다. 손각시가 눈을 허옇게 까뒤집은 채 부들부들 떨고 있었다. 고개를 뒤로 한껏 젖혔고 그 상태로 입을 쩍 벌리니 키 작은 손각시의 목구멍 안까지 다 들여다보였다. 시커먼 혀가 완전히 말려서 입천장에 딱 붙어 있었다. 양팔을 엉거주춤 들어 올린 손각시는 컥컥 밭은 숨을 쏟아내며 마치 춤이라도 추듯 제자리에서 발을 굴렀다. 그 사이에도 온갖 기기가 내뿜는 소음은 조금도 줄어들지 않았다. 오히려 더욱 요란하게 울려 퍼졌다. 모두가 정신을 차리지 못할 정도로. 맨 뒤에 서 있던 스너프마

저 당황한 표정이 역력했다. 핸드폰 플래시가 만들어낸 명암 탓에 그 표정은 더욱 극적으로 보였다.

치직! 치직! 치직! 치직! 치직! 치직! 치직! 치직! 치직! 치직! 치직! 치직! 치직! 치직! 치지직!

그 소리가 가파른 상승 곡선을 그리며 점점 커졌다.

"이, 이거 좀 멈춰봐요!"

모모가 EVP 녹음기를 들고 어쩔 줄 몰라 했다. 그 물건은 온 세상에 악의를 품기라도 한 것처럼 쇳소리를 내며 으르렁거렸다. 다음 순간, 모모가 뭘 건드리기라도 한 건지 소리가 뚝 끊겼다. 평화는 잠깐이었다. 곧 그 녹음기에서 알 수 없는 소리가 미친 듯이 쏟아져 나왔다.

- 치직…… 치지직…… 살…… 려…… 살려…… 사알려…… 쥐! 살려줘! 살려줘! 치지직…… 희생하라! 희생…… 희생…… 하라! 희생하라! 살려줘! 희생하라! 죽…… 는다. 죽는다! 죽는다! 죽는다! 너희…… 모두…… 죽는다!

"왜 이래? 이, 이건 다르잖아!"

이번에는 이선미가 소리를 질렀다. 민시현이 친구의 팔을 꽉 잡았다. 그러고는 바늘을 향해 외쳤다.

"텐트로 돌아가야 해요!"

"알았어요. 모두 돌아가죠!"

바늘은 그 말을 하는 순간까지도 적외선 카메라에서 눈을 떼지 않고 있었다. 민시현은 이선미에게 물었다.

"괜찮아?"

"으, 으응."

이선미는 거의 혼이 빠진 표정으로 고개를 끄덕였다. 문제는 손각시였다. 그는 여전히 충격에서 헤어 나오지 못했다. 한 가지 다행인 점은 민시현이 손각시의 겨드랑이에 팔을 쏙 끼자 더는 떨지 않는다는 데 있었다. 그 상태 그대로, 한 손으로는 이선미를 잡고 나머지 팔로는 손각시를 부축한 채 민시현은 어렵사리 걸음을 옮겼다. 모모는 괴성을 질러대며 다른 이들을 앞질러 도망갔고, 그나마 바늘이 민시현 앞에 서서 길 안내를 도왔다. 문제의 지점을 벗어나니 기기도 정상을 되찾았다.

얼마나 더 걸었을까, 몇 미터 앞에 모닥불이 보였다. 민시현은 야영지에 도착하자마자 다른 둘과 함께 풀썩 쓰러졌다. 그러고는 거친 숨을 내뱉었다. 이선미도 민시현 옆에 쪼그리고 앉아 숨을 골랐다. 손각시는 아예 벌렁 드러누워 풀린 눈으로 하늘을 보고 있었다. 먼저 도착한 모모는 모닥불 앞에 잔뜩 웅크리고 앉아 덜덜 떨었다. 바늘만 간신히 평정심을 유지한 듯 보였다. 그랬기에 바늘이 먼저 알아챘다.

"스너프 님이 안 보여요."

"네?"

민시현이 고개를 들고 주위를 둘러봤다. 그랬다. 내내 민소매를 입고 근육 자랑을 하던 그 덩치가 어디에도 보이지 않았다.

"맨 뒤에 있었는데……."

모모가 떨리는 목소리로 말했다.

그때였다.

저 멀리, 숲의 중심 어딘가에서 방울 소리가 미친 듯이 울려 퍼졌다.

딸랑딸랑. 딸랑딸랑. 딸랑딸랑. 딸랑딸랑. 딸랑딸랑. 딸랑딸랑. 딸랑딸랑. 딸랑딸랑. 딸랑딸랑. 딸랑딸랑. 딸랑딸랑. 딸랑딸랑.

동시에 너무나 끔찍해 차마 표현하지도 못할 만큼의 처절한 비명이 들려왔다. 도무지 인간이 내지르는 비명이라 할 수 없을 정도였다. 만약 그것이 고통에 의한 비명이라면 그 고통을 상상하는 것만으로도 심장이 벌렁거릴 정도의, 그런 비명이었다.

"스너프!"

바늘은 그렇게 외쳤지만 움직이지 못했다. 움직일 엄두조차 못 내는 것 같았다. 비명은 길게 이어졌다. 모두의 머릿속까지 파고들어 의지와 용기와 한낱 사소한 희망마저 산산이 파괴했다. 그리고 다섯 명의 마음을 갈가리 찢어놓았다.

"아…… 아……."

끝내 모모가 울음을 터트렸다. 민시현과 이선미는 서로를 꽉 끌어안았다. 누워 있던 손각시가 웃음을 터트린 건 다음 순간이었다.

'키키키키.'

웃음과 함께 몸을 부르르 떤 손각시가 돌연 모든 행동을 멈췄을 때 비명도 뚝 끊겼다. 숲에는 다시 짙고, 음울하며, 거대한 침묵이 찾아왔다.

통화 ② : 경찰

통화 시작

- 네, 112 신고 센터입니다.
- 여보세요? 도움이 필요합니다.
- 어떻게 도와드릴까요?
- 숲에서 길을 잃었습니다. 일행이 다친 것 같은데…….
- 숲이라면, 어느 숲일까요? 지명이나 주소를 아시나요?
- 어…… 여기가 이름 없는 숲인데…….
- 아! 빨래 숲 말씀이죠?

- 네! 맞습니다.
- 지금 어느 지점인지 말씀해 주실 수 있을까요?
- 숲 중앙에 야영지처럼 생긴 공간이 있는데 바로 거깁니다.
- 현재 몇 분이나 계시죠?
- 저 포함해서 다섯입니다. 원래 여섯이었는데 일행 중 한 명이…….
- 그분은 사망하신 거죠?
- 네?
- 텐트로 돌아오지 못한 한 분, 사망하신 거냐고요.
- 아뇨! 아직 확인은…… 근데 그걸 어떻게 아시죠?
- …… 했으니까요.
- 네? 잘 안 들립니다.
- 저희가 처리했으니까요.
- 여보세요?
- 치치치.
- 잠깐만요!
- 거기 있구나?
- 아, 아니…….
- 너희 모두 거기…… 있구나?
- 당신 뭐야?

- 네, 112 신고 센터입니다.

통화 종료

CHAPTER 5: 경계

 바늘은 물론이고 통화 내용을 옆에서 듣고 있던 다른 이들도 얼어붙었다. 오른쪽 텐트에서 몇 미터 떨어진 지점에서만 유일하게 통화 신호가 잡혔다. 어렵사리 그곳을 찾아 경찰에 신고했는데 더욱 섬뜩한 일이 벌어진 것이다. 이제는 바늘마저 눈에 띄게 동요했다. 눈빛이 흔들리고 있었다. 유일하게 믿고 의지할 만한 사람의 변화에 민시현 역시 못 견디게 불안했다.

 다섯은 스너프가 피운 모닥불 가에 둘러앉아 일렁이는 불꽃만 말없이 바라봤다. 할 말이 마땅히 없기도 했지만 말할 기운 역시 없었다. 한참 시간이 흐른 후 모모가 기운이 쑥 빠진 목소리로 중얼거렸다.

"이 숲에 정말로 뭐가 있었어."

"뭐가…… 도대체 뭐가 스너프를……."

바늘은 말을 잇지 못했다.

"찾으러 가야 하지 않을까요?"

그야말로 오랜만에 손각시가 입을 열었다. 그는 초점 없는 눈으로 어둠이 도사린 숲을 바라봤다. 손각시의 말이 진심인지 아닌지 알 길이 없었다. 아니, 패닉 상태에 빠졌던 그가 애초에 제대로 된 판단을 할 수 있는지부터가 의심스러웠다. 민시현은 힐끔거리며 손각시를 살폈다. 아무래도 아직 정상으로 돌아온 것 같지 않았다. 눈빛은 멍한데도 한쪽 입꼬리가 슬며시 올라간 표정이 그렇게 말해주고 있었다. 이런 상황에서 웃다니, 말이 안 되는 행동이었다.

"안 됩니다. 찾으러 간다고 해도 우린 아무 도움이 안 될 거예요."

바늘이 전에 없이 강경한 투로 말했다. 핸드폰을 꼭 쥔 바늘은 숲 안쪽을 향해 고개를 돌렸다가 금세 등을 돌리고 앉았다. 그러고는 모닥불을 뚫어지게 보며 말을 이었다.

"숲에 뭔가가 있다는 건 확실해요. 우리 모두 경험했고, 무엇보다 스너프 님이 당했으니까요. 게다가 그 뭔가는 우리가 경찰에 신고하는 것도 막고 있어요. 지금으로선 이 밤을 무사히 보내고 내일 아침에 해가 뜨자마자 여길 벗어나는 게 제일이에요."

"여, 여기서 하룻밤을 지내야 한다고요?"

모모가 생각만 해도 끔찍하다는 듯 얼굴을 일그러뜨리며 물었다.

"더 좋은 방법이 있습니까? 이 밤에 어둠을 뚫고 차가 있는 곳까지 가자는 건 아니겠죠?"

바늘의 말은 노골적으로 비꼬는 투였다. 모모는 그런 것도 알아채지 못할 만큼 정신이 없는 건지, 아니면 아예 이성을 잃어버린 건지 엉뚱한 소리를 했다.

"벌을 받는 거야. 들어와선 안 됐는데, 이 신성한 숲을 모욕했으니 우린 벌을 받는 거라고."

"왜 그런 말을……."

이선미가 만류하듯 이야기해 봐도 소용없었다. 모모는 어둠이 치렁치렁 드리운 허공에 시선을 딱 고정한 채 미친 듯이 말을 쏟아냈다.

"숲은 신성해. 하지만 우린 부정하잖아. 더러운 것들이지. 어제였나, 아니면 그제였나? 여, 여기 오기 전에 난 뭔가를 죽이는 상상을 했어. 엄마…… 우리 엄마였지. 내가 늘 집에만 있으니까 그 늙은 여자가 자꾸 잔소리만 하는 거야. 나도 일을 하고 싶어. 하지만 아무도 날 알아봐 주질 않잖아. 그러니 어쩌겠어? 할 수 없이 쉬고 있는데도, 늘 아르바이트라도 해라, 좀 움직여라…… 이렇게 잔소리하는 통에 미, 미치겠단 말이야. 그래서 난 상상했지. 엄마를 죽이면 속이 시원하겠다 싶어서…… 맞아. 난 더러운 인간이야! 더러운 놈이라고. 아마 여기 있는 사람 모두 그럴 거야? 내 말 맞지?"

"그만!"

더 참지 못한 건 민시현이었다. 내내 조용했던 그가 벌떡 일어나면서 소리까지 치자 다들 놀란 표정으로 올려다봤다.

"그런 소리 한다고 해결되는 건 아무것도 없어요. 이 숲에 무서운 게 있다는 건 확실하고, 우린 내일 아침까진 움직이지 못해요. 그러면 거기에 맞는 행동을 해야죠. 바늘 님. 혹시 소금 있어요?"

민시현의 갑작스러운 질문에 바늘은 잠시 당황하다가 대답했다.

"네! 이, 있어요. 고기 구울지도 몰라서……."

"그러면 그걸 이 야영지 주위에 뿌려놔요. 저도 잘은 모르지만 어느 정도 도움은 될 거예요."

"알겠어요."

민시현 역시 무서웠다. 양상은 달라도 비슷한 상황을 경험해 봤기에 피부에 닿는 두려움의 질감 자체가 훨씬 구체적이었다. 미지의 삿된 존재가 인간을 해칠 수 있다는 것을 민시현은 충분히 잘 알았다. 지금은 자기를 포함해 남은 다섯 명 모두 위험한 처지였다. 이 위기에서 벗어나려면 정신을 똑바로 차리는 방법밖에 없었다. 윤동욱 역시 비슷하게 말했으리라. 거기까지 생각한 민시현은 그야말로 1년여 만에 윤동욱을 떠올렸다는 사실을 알아챘다.

"이젠 어떻게 해?"

이선미가 목소리를 낮춘 채 물었다.

"나도 몰라. 이다음은."

민시현은 솔직하게 말할 수밖에 없었다. 소금 말고는 아무것도 안 떠올랐다. 부적도 없었고, 비방이나 유용한 주문 같은 것도 알 리 만무했다.

"이렇게 하면 어떨까요? 두 명씩 짝을 이뤄 불침번을 서는 거죠. 사이코 님과 스티븐 님이 함께 2시간, 그다음은 모모 님과 손각시 님이 2시간, 마지막으로 저 혼자 2시간만 보내면 얼추 동이 틀 것 같거든요."

바늘의 제안은 꽤 합리적이었다. 그랬기에 아무도 반대하지 않았다. 놀라서 긴장한 만큼, 피로도 더 극심하게 몰려왔다.

민시현 역시 피곤했지만 2시간 정도는 참을 수 있을 것 같았다.

"좋아요. 저희가 깨어서 잘 살펴보고 있을 테니까 어서 들어가 쉬세요."

이선미의 말이 떨어지기 무섭게 바늘과 모모는 왼쪽 텐트로, 그리고 손각시는 오른쪽 텐트로 들어갔다. 민시현과 이선미는 모닥불을 정면으로 본 채로 나란히 앉았다. 단지 세 명이 자러 갔을 뿐인데도 주위를 둘러싼 고요의 장벽은 더욱 두꺼워진 듯했다. 어둠도 마찬가지였다. 마치 둘만 남기를 기다리기라도 한 것처럼 모닥불이 비치는 경계선 바로 바깥까지 밀고 들어와 몇 겹의 그림자를 남겼다. 시커멓고 짙은 그림자를.

"미안해. 괜히 나 때문에."

두 사람만 남고 얼마 안 돼 이선미가 조용히 말했다. 괜찮다고, 걱정하지 말라고 민시현은 바로 대답하지 못했다. 지금은 그런 가식적인 말이나 하고 있을 때가 아니었다. 궁금한 게 많았다. 그것 때문에라도 이선미와 단둘이 남길 기다렸다. 민시현 역시 조용히 물었다.

"여기 같이 온 사람, 다들 한 번 이상 만난 적 있어?"

"그렇긴 하지. 바늘 님과 모모 님은 정모 때마다 봤고, 스너프 님은 지난번에 같이 공포 체험 카페에도 갔고……."

"손각시 님은?"

민시현이 다시 물었다. 이선미는 잠시 생각하는 듯하다가 대답했다.

"그러고 보니 오프라인에서 보는 건 처음이네. 저런 이미지인 줄도 몰랐어. 온라인에선 누구보다 활발했거든. 근데 왜?"

"손각시 님이 했던 말이 아무래도 마음에 걸려. 여기, 그러니까 빨래 숲을 너무 잘 알고 있는 것처럼 말했잖아. 이곳에 온다는 이야기 듣고 나도 검색을 좀 했는데 손각시 님이 아는 정보 같은 건 찾을 수가 없었거든."

"하긴…… 고스트 투어 장소가 여기로 정해졌을 때도 제일 열성적으로 환호했던 게 손각시 님이긴 했어."

"그것도 궁금해. 여기로 오자고 한 사람은 누구야? 역시 바늘 님이야?"

"그건 그래. 제일 먼저 말을 꺼낸 건 분명히 바늘 님이었어. 그러자 손각시 님을 시작으로 다들 찬성했던 거고. 그런데 뭐가 궁금해서 그래?"

이번에는 이선미가 물었다. 민시현은 신중하게 단어를 골라가며 대답했다.

"이 숲에 온 것 자체가 이상해서. 이 모든 게 우연 같지 않거든."

"우연한 게 아니면?"

민시현은 맥가이버칼 이야기를 할까 말까 망설였다. 그걸 말하려면 사이코메트리 능력부터 시작해야 하는데 그러자면 이야기가 너무 산으로 갈 것 같기도 했다. 사이코메트리를 이해하게 만드는 것부터가 쉽지 않은 일일 테니. 잠시 고민하던 민시현은 다른 쪽으로 접근했다.

"애초에 3박 4일 일정이라는 것도 이상하지 않아? 아무것도 없는 이런 숲에서 남녀 여섯 명이 사흘 밤이나 자는 게 평범한 건 아니잖아. 씻을 수도 없고, 식량도 한정적인 데다가 나머지 이틀 밤은 뭘 할 계획이었을까? 고스트 헌팅만 매일 밤 하려던 건 아니었을 거잖아."

"네가 그렇게 말하니까 마음에 걸렸던 게 방금 떠올랐어. 안 그래도 누가 물었거든. 3박 4일 동안 프로그램이 어떻게 되느냐고. 그러니까 스너프 님이 말했어. 준비한 게 많으니까 지루할 틈이 없을 거라고."

"잠깐! 바늘 님을 제외한 나머지 인원은 지원하는 순서대로 참여하는 거 아니었어?"

"내 말이 그거야! 여길 오자고 말이 나오던 그 시점에 스너프 님은 이미 프로그램을 짜고 있었다는 거지. 그러고 보면 바늘 님과 스너프 님은 개인적으로 아는 사이 같기도 하고……."

이선미의 말대로 그 둘은 죽이 척척 맞았다. 친한 걸 넘어 이번 고스트 투어를 함께 계획한 느낌이 들기도 했다. 바늘과 스너프, 그리고 손각시까지 모두 의심스러웠다. 그 의심의 시작점은 당연히 맥가이버칼이었다. 숲에서 벌어진 살인 의식, 바로 그 숲으로 캠핑을 온 여섯 명, 그리고 기다렸다는 듯 시작된 괴이한 사건. 스너프는 사라졌고, 바늘은 공황에 빠진 듯 보였다. 손각시 역시 정상적인 상태는 아니었다. 그렇다고는 해도 그들에 대한 의심을 거둘 수는 없었다. 내일 날이 밝을 때까지는, 아니…… 이 숲에서 무사히 빠져나가기 전까지는 경계심을 유지해야 했다. 그래야 자기는 물론이고 이선미의 안전도 확보할 수 있다고, 민시현은 생각했다.

"지금 상황에선 우리 말고는 아무도 믿어선 안 돼."

민시현의 말에 이선미는 고개를 갸웃했다.

"넌 이 모든 게 누가 일부러 꾸민 일 같다는 거지?"

"그럴 수도 있고, 아닐 수도 있지만 조심해서 나쁠 건 없잖아. 난 아침까지 안 자고 버틸 거야. 밤사이 무슨 일이 벌어질지 모르니까."

민시현은 진심으로 말했다. 불침번이 끝나도 잘 생각은 없었다. 핸드폰도 없이 밤새는 건 분명히 고역이겠지만 어쨌든 버틸 생각이었다.

"네 말 듣고 보니까 나도 방심하면 안 되겠어. 이야기도 더 해보자. 남은 사람들 중 누가 제일 의심스러운지. 그 전에 잠깐 화장실부터."

이선미는 그 말과 함께 일어나더니 크로스백을 벗어 자기 자리에 올려놓았다. 그러고는 숲을 향해 걸어갔다.

"같이 갈까?"

민시현이 물었다. 괜스레 걱정됐다. 목구멍까지 찰랑찰랑 차오른 불안감은 조금의 충격에도 넘칠 듯 출렁거렸다.

"됐어. 바로 요 앞에서 소변볼 거야."

웃으며 말한 이선미는 수풀 속으로 들어갔다. 잠시 혼자 남겨진 민시현이 주위를 한 번 둘러봤을 때였다. 이선미가 올려둔 크로스백이 미끄러져 내렸다. 민시현은 바닥에 떨어진 크로스백을 얼른 주워 올렸다. 그 순간 작은 가방 안에서 빨갛게 웅크린 채 숨어 있던 맥가이버칼을 발견했다. 박동을 멈춘 듯 심장 근처가 뻐근하게 아프기 시작했다. 그것도 잠깐이었다. 심장은 이내 제어할 수 없을 정도로 빨리, 그리고 세차게 뛰었다. 두근거릴 때마다 몸이 움찔할 정도였다.

그거야. 바로 그 맥가이버칼.

민시현은 생각했다. 세상에는 똑같이 생긴 맥가이버칼이 엄청나게 많을 테고, 이선미가 그것들 중 하나를 들고 다니지 말라는 법도 없었지만...... 어쨌든 이건 그 칼이었다. 죽은 자의 맥가이버칼.

이선미가 이걸 우연히 넣었을 수도 있을까?

짐 사이에 굴러다니는 걸 보고 챙긴 걸 수도 있지 않을까?

잠깐 필요해서 사용한 뒤 그냥 가방에 넣은 게 아닐까?

여러 가능성을 필사적으로 떠올렸다. 모두 헛소리라는 건 민시현도 잘 알고 있었다. 이건 이선미가 가지고 있던 거였다. 그의 물건, 아니 이선미가 죽은 자에게서 뺏은 물건이었다. 민시현은 수풀 쪽을 살피며 크로스백을 제자리에 놓았다. 그러고는 재빨리 핸드폰을 꺼내 신호가 잡히는 오른쪽 텐트 옆으로 달려갔다. 아직 이선미는 돌아오지 않았다. 다시 힐끔 뒤를 본 후 핸드폰을 들었다. 번호는 바뀌었지만 기기는 예전 것 그대로였다. 윤동욱의 번호도 들어 있었다. 연락처에서 윤동욱을 검색한 민시현은 얼른 통화를 눌렀다.

윤동욱은 기다리고 있었다는 듯 바로 전화를 받았다.

"네. 윤동욱입니다."

귀를 자극하는 잡음과 함께 옛 동료의 목소리가 들렸다.

"동욱 씨. 안녕하세요?"

민시현이 그렇게 인사를 건넸지만, 돌아온 대답은 기대했던 게 아니었다.

"누구시죠? 지금 중요한 일이 있어서요, 괜찮으면 이만 끊겠습니다."

잡음이 엄청났다. 윤동욱의 말은 중간에 뚝뚝 끊겼다. 거기다가 감이 멀었다. 저 멀리 다른 세계의 사람과 통화하는 느낌이었다.

"저⋯⋯ 기억하시죠? 민시현이에요."

민시현은 최대한 또박또박 말했다. 마치 그러면 점점 멀어지는 감이 돌아오기라도 할 것처럼.

"민시현? 실례지만 전혀 모르겠는데요."

윤동욱의 목소리와 말투는 쌀쌀하기 그지없었다. 설령 정말 모르는 사이라 해도 이런 식으로 통화할 사람이 아니었다, 윤동욱은.

"일전에 현천강 사건, 그건 기억하시죠? 그때처럼 동욱 씨 도움이 필요해요!"

일단 중요한 이야기부터 했다. 그때였다. 전화기 너머로 비명이 들려왔다. 민시현은 깜짝 놀라 핸드폰을 귀에서 뗐다.

무슨 일이지? 정말 바쁜 건가?

그렇게 생각하며 망설이고 있을 때 핸드폰에서 윤동욱 목소리가 들려왔다.

"지금 나무가 많은 곳에 있죠?"

"네! 맞아요. 수해! 나무의 바다. 딱 그런 숲에 있어요."

"그 숲이 매우 어둡나요?"

"네? 아! 맞아요. 어두워요. 어두운 숲이에요."

"그렇다면……."

윤동욱의 목소리가 갑자기 작아졌기에 민시현은 더 집중할 수밖에 없었다. 다행히 이선미는 아직 돌아오지 않았다. 한동안 침묵이 이어졌다. 전화가 끊어진 게 아닌가 할 정도였다. 민시현은 핸드폰을 귀에다가 더 바짝 댔다. 그 순간이었다.

"거기서 절대 못 나와!"

헉!

귀청을 찢어놓을 듯 크게 울린 윤동욱의 목소리에 민시현은 놀라서 거친 숨을 삼켰다. 뒤이어 핸드폰에서는 웃는 소리가 들렸다.

ㄱㄱ,

윤동욱이 미친 듯이 웃었다.

민시현은 전화를 끊었다. 그리고 돌아서는데 이선미가 바로 앞에 서 있었다. 그의 표정이 어딘가 이상했다. 얼굴을 잔뜩 일그러뜨린 거로도 모자라 입술을 파르르 떨고 있었다. 눈에는 눈물이 그렁그렁했다.

"무슨……."

민시현이 채 다 묻기도 전에 이선미가 천천히 고개를 돌렸다. 그 몸짓에 따라 민시현 역시 숲 안을 바라봤다. 거기서 누군가가 걸어 나오고 있었다. 한 명이 아니었다. 넷이었고, 모두 건장한 남성이었다. 그리고…… 하나씩 흉기를 들고 있었다.

"미안해."

이선미가 속삭였다. 아주 작은 목소리로. 심지어 말끝이 떨리기도 했다. 다만 씰룩거리며 올라가는 입꼬리는 감추지 못했다. 민시현은 친구가 환하게 미소 짓는 걸 보며 악몽이 시작되리란 걸 알아챘다.

2부

의식

儀式

CHAPTER 6 : 구원군

"자, 우리 칠십만 옥돌이, 옥순이들 안녕? 내가 지금 어디 왔는지 한번 맞혀보기! 짜잔! 바로바로 나보다 멋진 무꾸리이자 내가 존경하는 선배, 무엇보다 근육 짱짱 몸 좋기로 유명한 박수무당 윤 법사 형님 법당에 왔다는 거! 형님. 우리 구독자 분들께 인사 한마디 하셔."

옥도령은 다짜고짜 카메라를 들이밀었다. 졸지에 카메라 앞에 선 윤동욱은 어쨌든 웃어보려 애썼다. 뺨이 부들거리는 걸 참으며 입 모양을 세모로 만들었다. 그러고는……

"아, 안녕…… 안녕하십니까? 저는 애동제자에서 막 벗어난 무꾸리로 이름은…… 음…… 아! 안 되겠어. 다시 찍어."

윤동욱은 손까지 내저으며 고개를 돌렸다.

"뭐야? 이거 라방인데 다시 찍는 게 어디 있어? 에이 참, 우리 옥돌이, 옥순이들. 형님이 너무 쑥스러워하니까 기습 라방은 여기서 끝낼게. 그럼, 좀 있다가 다시 봐! 옥옥!"

옥옥.

경쾌한 그 인사를 끝으로 옥도령은 카메라를 내려놓았다. 카메라가 사라지자마자 옥도령이 걸걸한 목소리로 외쳤다.

"형님. 에어컨 좀 더 틀어줘요. 귀신도 써 죽겠이."

"너 그 귀엽고 역겨운 말투는 어디 갔냐?"

진지하게, 윤동욱이 물었다.

"에헤이, 그건 방송용이지. 알 만한 분이 왜 그러셔. 먹고살기 진짜 힘들어요, 형님."

"정말, 진심으로, 아주 진지하게 존경스럽다. 팔십만, 아니 백만 구독자를 달성해야 해, 넌!"

진심을 담아, 윤동욱이 말했다. 옥도령은 소파에 다리를 쩍 벌리고 앉아 헤벌쭉 웃었다. 넉살 좋은 그 모습에 예리하게 날서 있던 윤동욱의 신경도 조금은 무뎌졌다. 옥도령은 사람을 편하게 하고 안심하게 만드는 재주가 있었다. 어쩌면 그런 점 때문에 유튜버로서도 성공하는 걸 거라고 윤동욱은 생각했다.

"민 작가님하곤 다시 연락 됐어?"

옥도령이 물었다. 그에게는 간밤의 통화에 대해 말해놓았다.

"아니. 다시 걸었는데 아예 연결이 안 됐어. 나오는 멘트를 들어보니까 아무래도 통화가 안 되는 지역에 있는 것 같아."

"어허. 걱정이네, 걱정이야. 그분이 무슨 일에 휘말렸을까……."

"단서는 두 가지야. 수해와 어두운 숲."

"민 작가님이 했던 말 중 똑바로 알아들을 수 있었던 게 그 두 개라 했지?"

"응. 부정한 것이 잔뜩 달라붙어서 우리 통화를 방해했어. 무슨 이유로 숲에 들어간 건진 모르겠지만 그 장소 자체가 흉지인 듯해. 전화로도 음기가 전해질 정도였으니까."

"그렇다면…… 무꾸리 중에서 아는 사람도 있겠네?"

윤동욱은 옥도령이 무엇을 묻는지 알았다. 음기가 정도 이상으로 강한 곳에는 영가가 몰린다. 오래 버려진 건물이나 큰 사고가 났던 곳, 그리고 방위 자체가 틀어져 양기가 좀처럼 힘을 발휘할 수 없는 곳이 그렇다. 대자연도 예외는 아니다. 유독 음기가 강한 산이나 숲, 혹은 물이 있다. 바로 현천강처럼. 혹은 여러 무꾸리가 제사와 기도를 드리는 지리산처럼. 그런 곳은 위험하기도 하지만, 반대로 말하면 강한 음기 덕분에 신령님도 훨씬 자유롭게 활동한다. 그래서 음기가 강한 장소에서 기도를 드리면 무꾸리 역시 신력이 강해진다. 물론 공공장소에서 초까지 켜며 제사를 지내거나 기도드리는 건 불법이다. 그럼에도 비슷한 시도가 끊임없이 이루어지는 데에는 그런 이유가 숨어 있었다. 유명한 흉가에 가면 의외로 제단이 설치돼 있거나 기도하고 부적 붙인 흔적이 남아 있는 것도 같은 이유 때문이었다.

"그렇지. 무꾸리 쪽으로 접근하면 의외로 쉽게 찾을 수도 있을 거야."

윤동욱의 말에 옥도령은 고개를 끄덕였다.

"그건 나한테 맡기셔. 연락 쫙 돌려볼 테니까. 그나저나 민 작가님은 이번에 또 뭔 험한 일에 엮인 거야? 참, 기구하네."

"그러게나 말이다. 잘 지내는 줄로만 알았는데."

"그분도 결국 우리 쪽 아냐? 자꾸 이런 일에 엮이는 거 보면."

"그건 모르겠고, 아무튼 난 지금부터 검색해 볼 테니까 넌 무꾸리 상대로 정보 좀 모아줘. 부탁해."

"오케이. 맡겨주셔. 나도 그 작가님 걱정되니까."

그때부터 두 사람은 각각 조사에 들어갔다. 윤동욱은 제일 먼저 '수해'를 키워드로 검색했다. 그러자 일본의 아오키가하라 숲 정보가 주르륵 펼쳐졌다. 그곳의 다른 이름이 '주카이', 즉 '수해'이니 어쩌면 당연한 일이기도 했다. 아오키가하라에는 가본 적이 있었다. 신병에 시달리던 시절, 아무 데도 기댈 곳이 없었던 그때, 유명한 심령 스폿에는 닥치는 대로 가고 봤다. 주로 국내만 돌아다니다가 아오키가하라 숲의 악명을 듣고 충동적으로 일본행 비행기에 몸을 실었다. 그곳은 생각만큼 넓지 않았다. 험하지도 않았고, 길을 잃을 정도도 아니었다. 그럼에도 그 숲에서 느껴지는 삿된 기운은 진짜였다. 원래부터 땅이 문제였던 건지, 아니면 거기서 자살해 지박령이 된 숱한 영가 때문인 건지 그때의 윤동욱에게는 판단할 힘이 없었다. 다만 마냥 아름답고 영험할 줄로만 알았던 나무와 숲이 공포의 대상이 될 수도 있다는 걸 뼈저리게 느끼고 왔다.

옛 기억을 떠올리며 이번에는 '어두운 숲'이라는 키워드도 더해서 검색했다. 그러자 몇 가지 유의미한 결과가 떴다. 공포 관련 커뮤니티에 올라온 글이라 진위를 확인할 수는 없어도 강원도 모처에 자살자가 많기로 악명 높은, 이름 없는 숲이 있다는 것이었다.

- 일본 주카이 숲과 비슷한데, 아직까진 덜 알려졌음. 숲이 엄청 어둡다고 함.

- 어두운 숲인 이유가 토양도 나무도 거의 검은색에 가깝기 때문이라고.

- 강원도 지인한테 들었음. 자살자가 더 몰릴까 봐 지자체에서

도 일부러 쉬쉬한다고.

여러 개의 커뮤니티에 올라온 비슷한 게시물 사이에 유독 눈에 들어오는 글 하나가 있었다. 윤동욱은 그걸 찬찬히 두 번 읽었다.

- 강원도의 어두운 숲, 그거 이미 무당 사이에선 유명한 곳임. 음기가 워낙 강해서 죽는 사람이 끊이질 않고, 그러니까 음기가 더 강해지면서 계속 귀신이 나오는 악순환의 연속이랄까, 아무튼 그런 곳임. 나뭇가지에 목매단 모습이 빨래 같다고 해서 오죽하면 빨래 숲이라 불릴까. 이미 자살 카페 이런 곳에서도 좌표 찍혔고, 공포 체험으로 다녀왔다는 사람도 꽤 있음. 근데 난 추천 안 함. 거긴 진짜거든.

"빨래 숲이라."

윤동욱이 중얼거리는 소리를 듣고 옥도령도 바로 반응했다.

"어어! 빨래 숲! 안 그래도 지금 막 단톡방에 그 이름 올라왔거든. 강원도에 있다는 숲 맞지?"

"응. 자살자가 많다는 숲이지?"

"맞네. 같은 곳이네. 여기 강원도 쪽 무꾸리 여러 명이 공통으로 말한 곳이 바로 거기, 빨래 숲이야. 이름도 없는 숲인데 거기 나무가 워낙 빽빽하게 서 있고 해도 잘 안 들어서 어두운 숲으로도 불린다고 하거든. 얼마 전에는 자살 동호회 사람 여럿이 한꺼번에 목을 맸다나 봐. 아무튼, 그 숲엔 무꾸리도 안 간대. 뭣도 모르는 애동제자도 거긴 피한다는 거야. 워낙에 음기가 강해서 보통 신력으론 버틸 수도 없고 또 가봐야 화만 입으니까. 한마디로 기도 장소도 안 된다는 거지. 거기 들어가면 죽어서 나오거나 죽은 것한테 홀려서 나오거나 둘 중 하나래. 그 작가님은 이런 델 왜 찾아갔을까?"

윤동욱도 같은 게 궁금했다. 다만 그 궁금증을 해소해 줄 사람은 빨래 숲에 있었다. 그것도 무척 위급한 상황에 빠져서. 어젯밤의 그 통화 이후로 7시간 이상 흘렀다. 그사이에 무슨 일이 생겼는지 알 수 없는 노릇이었다. 마음이 바빴다.

"거기 정확한 위치, 알 수 있을까?"

옥도령은 윤동욱의 물음에 바로 고개를 끄덕였다.

"응. 잘 아는 강원도 무꾸리 한 명이 올려줬어. 역시, 가봐야겠지?"

"그래야지."

윤동욱은 그 말과 함께 바로 일어났다. 옥도령도 영차 하는 소리를 내며 소파에서 일어나 허리를 쭉 폈다.

"내 차로 빠르게 모실 테니 너무 걱정하지 마셔. 그 작가님, 여려 보여도 생각보다 강단 있잖아."

"그건 그렇지."

그 말에 윤동욱도 동의했다. 민시현의 말에 따르면, 저주받은 그 사이코메트리 능력 탓에 순탄하지 못한 삶을 살았다고 했다. 삶은 괴로웠을지 몰라도 그 고난이 민시현을 단단하게 만들었다는 것은 틀림없는 사실이었다. 이번에도 잘 버텨줄 것이다. 윤동욱은 그렇게 믿기로 했다.

 옥도령의 노란색 스포츠카가 오전 정체가 끝난 고속도로를 시원하게 내달렸다. 하늘은 잔뜩 흐렸다. 금방이라도 비가 쏟아질 듯 보였다. 목적지까지는 2시간 정도 남았다. 이대로 수월하게만 간다면 점심 전에 그 숲에 도착할 것 같았다. 윤동욱이 바라던 거였다. 음기가 강한 숲으로 밤중에 돌입하고 싶지는 않았다. 무꾸리라 해서 영가를 무서워하지 않는 건 아니었다. 현천강 수귀처럼 원념이 지독하게 강한 영가는 쉬이 당해낼 수 없었다. 윤동욱이 아직 신내림도 받기도 전부터 애기신녀가 입이 닳도록 주의를 준 게 바로 그거였다.

 "무꾸리는 영가를 무서워할 줄 알아야 해! 무서워하고, 조심하고, 신중해야 영가의 힘을 빌릴 때 빌리고, 내쳐야 할 때 내칠 수 있는 법이야."

 "형님. 나 화장실 급한데 휴게소 좀 들렀다 갈까? 어떠셔?"

 웬일로 말없이 운전에만 집중하던 옥도령이 모처럼 입을

열었다.

"그러면 가야지."

윤동욱은 선선히 대답했다. 아무리 급해도 더 급한 일이 있는 법이다. 옥도령은 기다렸다는 듯 가장 오른쪽 차선으로 쌩하니 끼어들어 마침 나온 휴게소로 진입했다. 그러고는 묵직한 엔진음으로 모두의 이목을 끌며 주차했다.

"여기 있을래요, 아니면 바람이라도 쐴래요?"

시동을 끄며 옥도령이 물었다.

"나도 잠깐 내릴게."

가볍게 스트레칭이라도 하고 싶었다.

"그럼, 잠시 후에 봅시다."

옥도령은 차에서 내리자마자 화장실로 달렸고, 윤동욱은 크게 기지개를 켰다. 바깥으로 나오니 날씨가 얼마나 더운지 새삼 알 수 있었다. 기온도 높은데 습하기까지 했다. 휴게소에서 지나다니는 사람 모두 더위에 들들 볶여 괴로운 표정이었다. 윤동욱은 먹구름 가득한 하늘을 힐끔 올려다본 후 주위로 고개를 돌렸다. 평일 오전인데도 휴게소는 꽤 붐볐다. 아마 여름휴가를 가는 게 아닌가 싶었다. 그때 주차장으로 관광버스 한 대가 들어왔다. 큼지막한 앞 유리가 햇빛을 반사해 번득이는 것처럼 보였다. 순간 뒷덜미에 서늘한 기운이 닿았다. 윤동욱은 자기도 모르게 뒤를 돌아봤다. 아무것도 없었다. 상점 창문으로 관광버스가 비쳐 보일 뿐이었다. 버스는 대형 차량 주차 구역을 벗어나…… 휴게소 앞으로 달려오고 있었다.

"어어!"

여러 사람의 외침에 윤동욱이 재빨리 앞으로 고개를 돌린 순간, 관광버스가 크게 휘청이더니 옥도령의 스포츠카가 차지한 주차 구역으로 돌진해 왔다. 버스가 덮치기 직전, 윤동욱은 똑똑히 봤다. 운전기사가 미친 듯이 웃는 모습을. 그걸 확인한 것과 동시에 윤동욱은 옆으로 몸을 날렸다. 뭔가가 부딪히고 부서지고 망가지는 사나운 소리가 뒤를 이었다. 넘어진 윤동욱이 뒤를 확인했을 때 옥도령의 노란색 스포츠카는 이미 납작하게 찌그러져 있었다. 그걸 깔아뭉갠 관광버스는 휴게소 건물을 덮칠 듯 아슬아슬하게 멈춰 서 있었다. 푸우. 버스가 성난 들소 같은 소리를 냈다. 그러고는 더 부수고 싶은 게 있다는 듯 그르렁거렸다.

"형님! 이, 이게 무슨……."

어느새 달려온 옥도령이 윤동욱을 부축해 일으켰다. 그러면서 거듭 물었다.

"안 다쳤어? 괜찮으셔?"

그는 찌그러진 깡통 신세가 된 자기 차를 보면서도 윤동욱을 먼저 챙겼다. 바닥에 쓸린 팔꿈치를 만지며 윤동욱이 말했다. 심장이 벌렁거리고 목이 꽉 멨지만 중요한 이야기는 해야 했다.

"우연한 일이 아니야. 절대 그냥 일어난 사고가 아니라고."

"그, 그럼?"

"뭔가 씌었어."

윤동욱의 말이 채 끝나기도 전에 버스 문이 열리며 승객들이 쏟아져 나왔다. 다들 크고 작게 충격을 받은 듯 목이나 허리를 만지고 있었다. 마지막으로 내린 사람은 운전기사였다. 그는 머리카락을 움켜쥔 채 안절부절못하고 서성이다가 푹 주저앉았다. 윤동욱은 그 사람을 향해 다가갔다. 옥도령도 뒤를 따랐다.

"…… 보였어 …… 보였어 …… 보였어."

운전기사는 알아들을 수 없는 말을 중얼거렸다.

"기사님. 괜찮으십니까?"

윤동욱이 그렇게 물으며 어깨에 손을 대자 운전기사는 화들짝 놀라며 일어났다. 그는 안에서부터 뭔가가 속을 다 파먹어 빈 껍데기만 남은 듯한 얼굴로 윤동욱을 쳐다봤다. 눈에 초점이 없었다. 늙수그레한 얼굴 전체가 땀으로 범벅이 된 상태였다.

"저기요? 이거 보여요?"

옥도령이 기사 눈앞에 손가락 두 개를 펴고는 흔들었다. 눈동자가 반 박자 정도 느리게 움직였다. 기사는 옥도령의 손가락을 보는 듯하더니 이내 한숨을 내쉬었다. 그러자 악취가 훅 끼쳤다.

"이건……."

"어휴! 무슨 누린내가 이리 독해."

윤동욱과 옥도령이 차례로 말하는 동안 기사의 얼굴에 표정이 떠올랐다. 입술이 일그러졌고 뒤이어 동공이 떨렸다. 얼굴에 가득한 주름을 타고 눈물이 주르륵 흘러내렸다. 그는 턱을 딱딱 마주치며 간신히 입을 뗐다.

"보였어. 보였어요. 웬 여자랑 남자가 쭉 늘어서 있는 게 보여서…… 그래서 핸들을 꺾었는데……."

"아이고, 기사님. 단단히 씌었네."

옥도령이 얼른 기사의 등을 툭툭 쳤다. 그사이 윤동욱은 쑥을 꺼내 라이터로 태우고는 그 연기를 기사 쪽으로 불었다. 쑥 태우는 냄새를 맡은 기사는 다리에 힘이 풀린 듯 풀썩 주저앉았다. 옥도령이 부축했다.

"아무래도 아주 험한 것이 방해하나 보다."

윤동욱이 운전기사를 내려다보며 중얼거렸다.

"그러게나 말이야. 저 차, 아직 할부도 안 끝났는데……."

옥도령은 형체를 알아볼 수 없게 된 노란 쇳덩어리를 보며 말했다.

CHAPTER 7 : 불청객

　민시현은 텐트 밖을 향해 온 신경을 곤두세우고 있었다. 밤새 한숨도 못 잤지만 피곤하진 않았다. 그런 걸 느낄 여유도 없었다. 놈들 역시 내내 깨어서 분주하게 움직였고, 지금은 거의 끝나가는 듯했다. 갑자기 쳐들어온 4인조는 민시현 일행을 단번에 제압했다. 아니, 정확하게 말하자면 5인조였다. 이선미가 놈들에게 붙었으니까. 그들 중 대장으로 보이는 남자는 마르고 키가 컸다. 눈은 쭉 찢어져 뱀 같아 보였다. 다른 이들은 그를 제사장이라 불렀다. 제사장의 명령에 나머지 셋은 일사불란하게 움직였다. 바늘과 모모, 그리고 손각시를 깨운 뒤 위협해 모닥불까지 끌고 나오는 일은 마체테를 든 덩치 큰 남자가 주로 맡았다. 그 남자 이름은 흑곰이었다. 나머지 둘, 여우와 오소리는 민시현을 비롯해 나머지 사람들을 감시했다. 여우는 야구방망이를, 오소리는 손도끼를 들고 있었다. 그리고……이선미는 맥가이버칼을 들었다. 꺼내놓진 않았지만. 그들이 설령 파리채를 들었다 한들 사람들이 느낀 공포심은 변하지 않았을 거라고, 민시현은 생각했다. 네 명의 남자가 한밤중에 예고도 없이 들이닥쳤다는 사실 자체가 공포였다. 거기에 흉기까지 들고 있으니 아무도 반격할 엄두를 내지 못했다. 그지 시키는 대로 할 뿐이었다.

"말만 잘 들으면 해치진 않는다."

제사장은 그렇게 말했고, 어느 정도는 사실이었다. 민시현과 손각시, 그리고 바늘과 모모는 모닥불 앞에서 무릎을 꿇은 채 앉아 있었다. 그 과정 전까지 흉기로 위협을 했을 뿐, 이후로는 다른 폭력을 행사하지 않았다. 제사장의 똘마니인 세 짐승은 민시현 일행이 도망치지 못하게 지키고 있기는 했지만 손에 쥔 걸 휘두르는 일은 없었다. 이선미는 제사장 옆에 꼭 붙어 서 있었다.

"당신들 누굽니까? 왜 이러시는 거예요?"

바늘이 제사장과 이선미를 번갈아 보며 물었다. 그때가 놈들이 침입하고 30분 정도 지난 시점이었다. 그들은 그만큼 쉽고 빠르게 민시현 일행을 제압했다.

"궁금한 건 모두 내일 알게 될 거야. 그러니 잠자코 텐트 안에서 내일을 기다려. 그러면 다치는 사람은 없을 거다."

제사장은 목소리가 낮고 부드러웠지만 말투는 꽤 고압적이었다. 마치 자기가 한참 위에 서서 아래를 내려다보는 듯한 그런 말투였다. 실제로도 그는 쉽게 다가가기 힘든 분위기를 풍겼다. 키만 컸을 뿐 체격이 다부지다거나 근육질도 아닌데 뿜어내는 위압감이 상당했다. 어깨 근처까지 오는 장발을 했고, 그 머리카락이 얼굴의 절반 정도를 가리고 있어 표정을 읽기 힘들다는 것도 그의 그런 분위기에 한몫했다. 무엇보다 훨씬 크고 사나워 보이는 다른 남자 셋이 흉기까지 든 채로도 그를 향해 꼬박꼬박 존댓말 하는 게 제사장을 훨씬 더 카리스마 있어 보이게 만들었다.

"스티븐 님. 갑자기 이게 뭐예요? 뭔가 아는 게 있죠? 네?"

모모는 이선미를 향해 물었다. 민시현 역시 같은 걸 묻고 싶었다. 모모의 수다스러움이 이번만큼은 고마웠다. 이선미는 제사장 옆에 딱 붙어 싱긋 웃었다. 눈꼬리를 내리며 어깨를 으쓱하는 그 모습은 한 번도 본 적 없는 표정이자 몸짓이었다.

"비밀이에요. 내일 알게 될 테니까 조금만 기다려요."

나긋나긋한 말투와 음표 반 개쯤 올라간 목소리 역시 낯설었다. 민시현은 도저히 참을 수 없어서 말했다.

"어느 쪽이 진짜야? 내가 알던 이선미 맞아?"

"네가 알던 이선미는 누구지? 어떻게 안다고 자신하는 거야?"

이선미는 되물어 왔다. 분하지만 반박할 말이 없었다. 편집자 이선미가 본모습이 아닐 수도 있었다. 그 가능성을 인정하기 싫을 뿐이었다. 민시현은 친구를 노려봤다. 이선미는 희미하게 웃었다.

한밤의 소동은 남자와 여자가 각각 두 개의 텐트에 나눠서 들어가는 거로 마무리되었다. 어떻게 보면 원래 계획과 그리 달라진 건 없었지만, 텐트 밖에 흉기 든 남자가 보초를 서고 있다는 것만으로도 쉽게 잠들기는 어려웠다. 민시현은 그게 궁금했다. 침입자는 밤새 무얼 할까? 쉬지도 않고 자지도 않으면서 하려는 게 과연 무엇일까? 그리고…… 그 일은 왜 자기들끼리 하면 안 되는 걸까?

그런 생각에 잠들지 못했고, 결국 오전이 되었다. 계속 뒤척인 건 손각시도 마찬가지였는데 신기하게도 말 한 번 건네지 않았다. 그냥 누워서 간헐적으로 긴 한숨만 쉬었다. 그런 점에서 보자면 민시현도 별반 다를 건 없었다. 말을 걸어볼 법도 했지만 머릿속이 꽉 차서 그럴 여유가 없었다.

분주하게 움직이던 이들은 잠시 쉬는지 아무런 기척도 내지 않았다. 텐트 안에서는 밖이 보이지 않았다. 그저 그림자가 왔다 갔다 하는 것만으로 저들이 뭔가를 열심히, 아주 열심히 한다고 짐작할 뿐이었다. 조용해진 틈을 타서 민시현도 가만히 눈을 감았다. 왼쪽 관자놀이가 지끈지끈 쑤셔왔다. 그때 손각시가 흠흠, 목을 가다듬더니 "저기요." 하면서 입을 뗐다.

"저 사람들 손목에 같은 문신을 하고 있어요. 보셨어요?"

"아…… 그러고 보니."

손각시의 말을 들으니 문신이 떠올랐다. 제사장과 흑곰의 왼쪽 손목에는 십자가에 가로로 한 줄을 더 그어놓은 뒤 아래쪽에 무한을 나타내는 기호를 붙여놓은 것만 같은 문양이 자리 잡고 있었다. 멀리 갈 것도 없었다. 이선미의 손목에도 예전부터, 그러니까 민시현이 그를 알기 시작한 때부터 같은 문신이 있었다. 한 번 그 의미를 물었지만 이선미는 딱히 시원한 대답을 해주지 않았다.

"그게 무슨, 무슨 뜻인지 아세요?"

그렇게 묻는 손각시를 향해 민시현은 고개를 저으며 되물었다.

"무슨 뜻인데요?"

"그거…… 리바이어던 십자가라고 부르는데 연금술에선

지옥의 유황을 뜻하는 기호고, 아무튼 간단히 말하자면 사탄의 상징이에요. 악마를 섬기겠다는 맹세이기도 하고."

"그렇다면 저 사람들이 악마 숭배자라는 거네요?"

"네. 그것도 아주 깊이 빠진 게 틀림없어요. 보통은 악마의 상징이 역십자가라 생각해 그런 문신을 새기거나 문양을 가져다 쓰는데, 사실 그건 베드로의 상징으로 악마와는 아무런 관련이 없거든요. 진짜는 리바이어던 십자가죠. 그래서 더 무서워요. 만약에 제가 짐작하는 게 맞는다면……."

"뭘 짐작하시는데요?"

민시현은 조심스러운 말투로 물었다. 악마를 숭배하는 무리, 그리고 사이코메트리로 봤던 그 장면. 두 가지를 더하면 민시현 역시 하나의 결론에 도달할 것 같았다. 그것이 손각시의 짐작과 제발 달랐으면 하고 바랐다.

"저 사람들이 하려는 건 강령술일 거예요. 그것도 악마를 소환하는 강령술."

"악마를 소환한다……."

손각시의 말에도 민시현은 그리 놀라지 않았다. 자기가 내린 결론과 같았기 때문이었다. 놈들은 밤새 밑 작업을 했으리라. 그게 무엇이든 이런 수고를 아끼지 않으며 하려는 일은 무척 거창한 것일 게 뻔했다. 적어도 놈들에게는.

"오늘 밤에 강령술을 할 거예요."

손각시는 확신에 차서 말했다.

"오늘 밤이라는 건 어떻게 알아요?"

민시현은 손각시를 똑바로 보며 물었다.

"오늘 밤이 그믐이거든요. 그믐에는 불길한 기운과 사악한 기운이 넘쳐나요. 저 사람들, 일부러 이때를 노린 거예요. 그믐 밤에 의식을 치르면 성공 확률이 높다는 걸 알고."

손각시는 꽤 상세히 알고 있었다. 지금껏 용케 입을 닫고 있었구나 하고 생각할 정도로 자기가 아는 걸 술술 풀어놓았다. 민시현이 다시 묻기도 전에 손각시는 말을 이었다. 마치 민시현의 마음을 읽고 있다는 듯.

"이런 정보를 어떻게 다 아는지 궁금하시죠? 조사와 공부를 했어요. 사정이 있어요. 저도 더 알아보고 싶어서 이곳에 왔는데 같은 신세가 될 줄은 몰랐네요."

그렇게 말하는 손각시의 표정은 매우 어두웠다.

"같은 신세라면?"

손각시는 정작 그 질문에는 입을 다물었다. 답답한 침묵이 얼마간 이어지던 그때, 텐트 문이 우악스럽게 열렸다. 놀란 민시현은 자기도 모르게 손각시 옆까지 물러났다. 열린 문틈으로 고개를 들이민 건 여우였다. 땡그란 눈에 껌을 질겅질겅 씹는 그의 모습은 실제로 여우와 비슷했다.

"나와. 둘 다."

여우는 야구방망이를 까딱하며 말했다. 민시현은 손각시를 한 번 쳐다본 뒤 텐트 밖으로 나갔다. 손각시 역시 민시현의 뒤를 이었다. 어둑하긴 했지만 아침인 건 사실이었다. 오랜만에 마주 본 햇빛이 제법 강렬해서 민시현은 손차양을 만든 다음 눈을 가늘게 떴다. 빛의 장막 너머에 제사장이 자리하고 있었다. 태양을 등지고 선 그는 흡사 빛의 실루엣에 둘러싸여 후광을 내뿜고 있는 것도 같았다.

"뭘 하려고 그러세요?"

그 소리에 민시현은 고개를 돌렸다. 모모와 바늘이 차례대로 텐트에서 나오고 있었다. 방금 질문을 던진 이는 모모였다. 그 역시 한숨도 못 잤는지 꼴이 말이 아니었다. 우선 눈동자가 빨갛게 충혈돼 있었다. 푸석해 보이기는 바늘도 만만치 않았다.

"아무나 설명 좀 해줘요!"

모모는 떨리는 목소리로도 할 말은 다 했다. 그걸 보고 있던 제사장이 모닥불 쪽을 가리키며 한마디 했다.

"밥 먹으라고 불렀다. 종일 굶을 순 없잖아."

"네?"

다소 의외의 전개였다. 모모도 그렇게 느꼈는지 멍한 표정으로 되물었다. 더욱 의외인 건 식사 준비를 이선미가 하고 있다는 점이었다. 민시현이 아는바, 요리나 식사 준비 같은 일과 가장 거리가 먼 사람이 바로 이선미였다. 메뉴는 어젯밤처럼 즉석밥과 3분 카레였지만 어쨌든 먹을 수 있을 정도로는 준비가 끝난 상황이었다. 이선미는 민시현과 눈이 마주치자 또 싱긋 웃기만 했다.

"의식은 오늘 밤이다. 그러니 먹고 쉬어. 마음껏 자도 좋다."

제사장이 말했다. 관대하게 대해준다는 투였다. 손각시의 예상이 맞았다. 민시현은 그렇게 생각하며 새삼 야영지를 둘러봤다. 어젯밤에 여섯 명이 둘러앉아 식사했던 그 둥근 공터는 시뻘겋게 변해 있었다. 그게 피라는 건 누구라도 알아볼 수 있었다. 냄새까지 진동했다. 놈들이 밤새 한 작업의 결과물은 민시현만 발견한 게 아니었다. 모모와 바늘 역시 입을 떡 벌린 채 바닥을 보고 있었다. 안 그래도 거무튀튀한 바닥에 검붉은 피까지 더해지니 그야말로 언제 죽음이 찾아와도 모를 분위기를 풍겼다. 피를 어디에서 구했는지는 알고 싶지도 않았다. 다만 놈들이 의식에 진심이라는 걸 확인했고, 그것만으로도 무척 공포스러웠다. 놈들이 강령술에서 함께 손잡아 줄 사람을 구하느라 이렇게 쳐들어오진 않았을 테니까.

"그 의식이라는 게 대체 뭡니까?"

바늘이 제사장을 향해 물었다.

"잠들어 있던 분을 깨우는 의식이다."

제사장은 그 근엄한 표정을 유지한 채 대답했다.

"그러니까, 지금 당신들이 하려는 게 악마 소환이니 강령술이니 그런 쪽인 거죠? 맞나요?"

바늘은 바로 옆에 선 흑곰의 눈치를 살피며 그런 질문을 던졌다. 제사장은 피식 웃기만 할 뿐 다른 대답을 하지는 않았다. 그러자 바늘이 다시 말을 이었다.

"그런 거 다 지어낸 이야기란 거 몰라요? 아니, 그긴 둘째치고 지금 이러는 거 자체가 불법이에요. 우릴 해치기라도 했다간 당신들 모두 잡혀가는 건 당연한 일이고. 그러니 풀어줘요. 그렇게 하고 서로 아무 일 없었다는 듯 갈 길 갑시다. 어때요?"

바늘이 말하는 동안 제사장은 고개를 절레절레 저었다. 얼굴에는 한심하다는 표정이 똑똑히 떠올랐다. 가볍게 한숨을 쉬기도 했다.

"아무것도 몰라. 너흰 정말 아무것도 모른다고. 이건 진짜야, 진짜. 쇼가 아니지. 우린 아주 오래 준비했고, 마침내 이 순간을 맞이했어. 그러니 너희도 영광으로 알아야 해. 희생 제물이 되어 그분을 깨우는 데 도움이 된다는 사실을."

"희생 제물이요? 설마…… 우, 우리 모두?"

모모가 뒤집어진 목소리로 물었다. 그러자 의외로 이선미가 대답했다.

"그래요. 의식에는 제물 넷이 필요하거든요."

"안 돼! 싫어! 놔! 놓으라고!"

현실을 자각한 모모가 금방이라도 달려들듯 발악하며 소리 질렀다. 흑곰이 어깨를 잡고 눌렀지만 막무가내였다. 몸무게로 하자면 모모 역시 밀리지 않아 보였다. 결국 흑곰은 모모의 목에 마체테를 댔다. 모모는 흠칫하면서도 떠드는 걸 멈추지 않았다.

"경찰이 곧 올 거야! 이런 일이 아무렇지 않게 벌어진다는 게 말이 돼? 가능할 것 같아? 경찰이 아니라도 다른 사람이 이 숲에 온다면……."

흑곰이 마체테 손잡이로 모모의 머리를 후려쳤다. 모모는 가느다란 신음을 흘리며 모로 쓰러졌다.

"그만. 제물에는 흠이 없어야 해."

제사장의 말이 떨어지기 무섭게 흑곰은 우뚝 멈춰 섰다. 모모는 겁먹은 개처럼 끙끙거리며 머리를 감싸고 있었다. 모두의 시선이 그쪽으로 향했다. 민시현이 벌떡 일어나 달리기 시작한 건 바로 그 순간이었다.

멈추지 않고 달렸다. 간밤의 어두움이 사라졌기에 달리는 데 머뭇거릴 이유는 없었다. 반대로 그건 추격자에게도 도움이 됐다. 도망치는 민시현의 뒷모습이 그대로 보일 테니까. 그렇다는 건 놈들을 따돌리기 전까지는 절대 멈춰서는 안 된다는 뜻이었다. 뒤를 돌아볼 틈도 없었다. 자칫 한눈을 팔았다가는 튀어나온 돌이나 뿌리에 걸려 넘어질 게 뻔했다. 숨이 찼다. 원래도 운동에는 자신이 없었는데, 지난 1년간 집에만 틀어박혀 있었기에 몸이 마음대로 움직여 주지 않았다. 더 빨리 달려야 한다는 마음만 클 뿐 실제로는 영 속도기 나지 않았다.

뒤쫓는 놈들은 딱히 소리를 내지 않았다. 거기 서라거나 멈추라고 외칠 법도 한데 그저 쫓아오고만 있었다. 그게 더 섬뜩했다. 놈들은 제사장의 지시를 받아 움직이는 감정 없는 기계 같았다. 아니면 정말로 짐승이거나.

민시현은 사력을 다해 달리며 주위를 재빨리 훑었다. 숨을 공간이 필요했다. 이대로 달리기만 했다가는 조만간 따라잡힐 게 뻔했다. 까마득하게 높이 솟은 나무는 빛을 막고 서 있을지언정 누군가를 숨겨줄 만한 아량을 베풀 정도는 아니었다. 설령 나무 뒤에 숨는다 해도 들키는 건 시간문제였다. 호흡이 점점 더 가빠왔다. 다리도 서서히 무거워졌다. 그때 민시현의 눈에 숲 한편에 펼쳐진 완만한 경사가 들어왔다. 그 옆으로는 개울이 흘렀는데 경사 아래에 뚫린 좁은 굴이 보였다. 자기 몸 정도는 밀어 넣을 수 있을 것 같았다. 민시현은 처음으로 뒤를 돌아봤다. 추격자는 달려오는 소리만 들릴 뿐 아직 시야 밖에 있었다. 망설이지 않고 경사 쪽으로 향했다. 개울물에 젖는다는 게 꺼림칙했지만 다른 수가 없었다.

이건 강이 아니야, 개울이야. 그냥 실개천 정도라고.

속으로 그렇게 되뇌며 개울을 지나 굴로 들어갔다. 그야말로 체구가 작은 여성 한 명 정도가 들어갈 넓이와 깊이였다. 민시현은 최대한 몸을 웅크려 굴 안에 숨었다. 잠시 후 두 쌍의 다리가 허둥지둥 달려와 개울을 밟으며 멀어져 갔다. 아마 여우와 오소리일 거라고 민시현은 짐작했다. 그 상태 그대로 주머니에서 어렵사리 핸드폰을 꺼냈다. 여전히 먹통이었다. 이 숲을 빠져나가지 않고는 도움을 청할 수 없었다. 일단은 매섭게 날뛰는 심장을 최대한 진정시키려고 호흡부터 가다듬었다. 그러면서 생각했다. 지난밤 내내 생각했지만 아직도 답을 찾지 못한 그 의문에 대해서.

놈들의 정체는 뭘까?

단순히 미친놈들이 모인 걸까, 아니면 목적을 갖고 있는 컬트 집단일까?

세상에는 온갖 이상한 이들이 많다는 걸 민시현도 잘 알고 있었다. 그중에는 그릇된 믿음이나 신념으로 타인에게 피해 입히는 것도 마다하지 않는 돌아이도 존재했다. 어떻게 보면 박재민 피디 역시 그런 부류의 인간이었다. 제사장은 잠든 그분을 깨운다고, 그래서 제물이 필요하다고 헛소리를 늘어놓았다. 상식적으로는 말이 안 되는 소리였지만 놈들은 애초에 상식이 통하지 않는 무리였다. 제사장과 이선미를 포함한 그 다섯은 진심으로 믿고 있었다. 연기가 아니었다. 그랬기에 막을 방법도, 설득할 명분도 없었다. 놈들은 오늘 밤 피를 보려 할 것이다. 그 빌어먹을 의식을 위해서. 민시현은 알았다. 세상에서 가장 무서운 건 차분한 광기라는 사실을.

30분이 흘렀다. 주위는 고요했다. 심지어 개울물 흐르는 소리도 안 들리는 듯했다. 민시현은 허리가 끊어질 듯 아픈 걸 참으며 10분을 더 숨어 있었다. 그제야 주위에 아무도 없다는 확신이 들었다. 여우와 오소리는 다른 곳을 뒤지고 있거나 아니면 포기하고 야영지로 돌아간 것 같았다. 굴 밖으로 나온 민시현은 허리부터 폈다. 그러면서 하늘을 올려다봤다. 우듬지 위로 펼쳐진 하늘에는 먹구름이 가득했다. 텐트에서 막 나왔을 때 비치던 한 줌의 햇살도 이제는 자취를 감춘 듯했다. 숲은 오전이라는 단어가 무색하게 어두컴컴했고, 그 어떠한 생명의 기척도 느낄 수 없었다. 나무는 분명히 살아 있었고 심지어 바람에 가지와 잎이 나부끼며 사라락 하는 소리도 내긴 했지만…… 오히려 그것들이 죽음의 기운을 더하고 있었다. 민시현은 나무 하나하나가 죽음을 증명하는 묘비 같다고 생각했다.

계속 가는 거야.

결국, 이 거대한 묘지를 탈출하는 방법은 쉬지 않고 움직이는 수밖에 없었다. 민시현은 개울이 끊어질 듯 길게 이어지고 있는 숲 안쪽을 바라봤다. 왔던 길로 되돌아가는 건 자살 행위였다. 그렇다고 두 남자가 지나간 곳을 따라 움직일 수도 없었다. 결국 선택지는 하나였다. 숲 안을 향해 더 깊이 들어가는 것. 숲이 아무리 넓고 광대하다 해도 계속 걷다 보면 반대 지점으로 나가게 될 것이다. 민시현이 노리는 게 그거였다. 어쨌든 숲만 벗어난다면 핸드폰으로 신고도 할 수 있다. 문제는 시간이었다. 어두워지기 전에 이곳을 뜨고 싶었다. 암흑이 지배하는 숲에서 다시 헤매고 싶지는 않았다.

민시현은 굵은 뿌리가 혈관처럼 튀어나온 경사로로 올라섰다. 그러고는 걸음을 옮겼다. 구름이 몸피를 불렸는지 주위가 한층 더 어두워졌다. 비가 쏟아진다면 그것 역시 골치 아픈 문제였다. 한동안 계속 걸었다. 주위 풍경은 조금도 바뀌지 않았다. 그러면서도 뒤돌아보면 처음 본 듯 낯설었다. 나무와 나무 사이로 바람이 불었다. 바람의 방향 역시 제멋대로였다. 어떤 때는 정면에서 불어왔다가 또 잠시 뒤에는 뒤에서 불어닥쳤다. 그때마다 어김없이 나무가 술렁거리는 소리가 뒤따랐다. 제법 선선했지만 민시현의 목덜미에는 땀이 자작하게 맺혔다. 그는 잠시 쉴 생각으로 멈춰서 나무에 기댔다. 그러고는 공기를 깊이 들이마셨다. 그 순간이었다. 느닷없이 아주 인공적이면서도 귀에 익은 소리가 은은하게 울려 퍼졌다.

딸랑딸랑.

딸랑딸랑.

방울 소리였다. 흠칫 놀란 민시현이 나무에서 등을 떼고 주위를 둘러봤을 때였다. 이번에는 다른 소리가 들렸다. 민시현이 기대고 있던 나무 뒤에서.

"사이코 님……."

스너프였다. 분명 그 남자 목소리였다. 민시현은 엉겁결에 대답하려다가 입을 막았다. 간밤의 그 끔찍했던 비명이 머릿속을 스치고 지나갔다. 스너프는 죽었다. 다른 가능성은 없었다. 나무 뒤에서 스멀스멀 더듬어 오는 죽음의 기운이 무엇보다 확실한 증거였다. 온몸을 둘러싼 공기가 삽시간에 차가워졌다. 그럴 리 없다는 걸 알면서도 온도 감지 센서기의 그 경보음이 들리는 것 같았다.

띠…….

"여기 와 봐요."

경보음을 뚫고 스너프 목소리가 다시 들렸다. 저 멀리 아득히 떨어진 깊고 어두운 곳에서 길어 올린 것만 같은 목소리였다. 그리고…… 그 깊고 어두운 곳으로 누군가를 데려가고 싶어 하는 게 분명한 목소리였다. 삐죽 돋아난 한기가 목 뒤부터 팔뚝까지, 겉으로 드러나 있는 살갗을 찔러댔다. 동시에 녹슨 쇠에서나 날 것 같은 냄새가 콧속으로 훅 날아들었다. 민시현은 그게 피비린내라는 걸 알았다. 진동하는 냄새만으로도 스너프의 상태가 어떨지 짐작이 가능할 정도였다.

돌아보면 안 돼.

민시현은 속으로 다짐했다. 대답해서도 안 되고 돌아봐서도 안 된다. 관심을 기울여서도 안 된다. 천천히 이 자리를 떠야 한다. 아무 일도 없었다는 듯 태연히.

그런 생각과 함께 민시현이 한 걸음 앞으로 내디딘 순간 어깨에 살며시 손이 올라왔다. 반사적으로 움찔할 정도로 차디찬 손이었다. 그 손이 어깨를 좀 더 세게 쥐었다. 민시현은 튕기듯 달리기 시작했다.

딸랑딸랑.

딸랑딸랑.

딸랑딸랑!

방울 소리가 격렬하게 울렸다. 놈이, 스너프가 쫓아오고 있었다. 민시현은 사력을 다해 뛰었다. 방향 감각은 일찌감치 상실했다. 지금 중요한 건 죽은 자의 손에서 놓여나는 것이었다. 얼마나 달렸을까, 방울 소리가 사라졌다는 걸 문득 알아챘다. 민시현은 그제야 멈춰 서서 뒤를 돌아봤다. 아무도 없었다. 어둑한 숲에 차가운 기운만 맴돌 뿐이었다. 맥이 풀렸다. 멈췄던 숨이 허 하고 새어 나왔다. 무릎을 짚고 한참 숨을 고른 뒤 돌아섰다. 그때였다.

눈앞으로 뭔가가 날아왔다.

그것이 야구방망이라는 걸 채 인식하기도 전에 머리를 뒤흔드는 충격이 엄습했다. 민시현의 의식이 뚝 끊겼다.

CHAPTER 8 : 흉지

"어휴, 말도 마요. 거기는 흉지야. 흉지도 그런 흉지가 따로 없어."

현무 선사는 룸미러를 보며 말했다. 간간이 정면도 봐주면 좋으련만, 아니 정면을 주시하고 간간이 룸미러를 보면 좋겠으나 현무 선사는 완전히 반대로 했다. 그나마 다행인 건 그가 아주 느리게 운전한다는 사실이었다. 뒤에서 달리던 차들이 모조리 앞질러 가도 현무 선사는 천하태평이었다.

"구체적으로 어떻다는 거예요?"

불과 몇 시간 전 자기 스포츠카를 폐차한 사람 같지 않게 옥도령은 발랄한 목소리로 물었다. 휴게소에서 그 사고가 난 이후 상황은 정신없이 흘러갔다. 고속도로 순찰대가 출동했고, 경찰이 사고 경위를 파악하는 동안 윤동욱과 옥도령은 꼼짝없이 기다려야 했다. 바쁘다고 말해봐야 소용도 없었다. 실제로 뾰족한 수가 있는 것도 아니었다. 찌그러진 음료수 캔이 된 스포츠카 대신에 이용할 교통수단을 찾지도 못한 상태였다. 그렇게 속절없이 두어 시간을 보내고 있을 때 옥도령이 아이디어를 냈다. 강원도 무꾸리 중 친한 사람에게 도움을 구하기로 한 것이다.

"현무 선사라는 양반이 있어. 나이는 좀 있는데 말이 잘 통해. 나도 실제로 본 적은 없지만 그래도 바로 도와줄걸?"

옥도령은 태연하게 그런 소리를 했다.

"본 적도 없는데 어떻게 친하다는 거야?"

윤동욱은 그렇게 물을 수밖에 없었다.

"아! 같이 게임 하는 사이. 함께 누빈 전장의 역사가 어마어마해! 거의 매일 온라인으로 만나니까 친하다고 할 수 있지. 그 양반이 또 의리가 좋거든. 내가 죽을 만하면 자기 목숨 간당간당해도 달려와서 도와준다니까!"

수많은 전장을 누빈 우정은 배신하지 않았다. 현무 선사는 옥도령의 연락을 받자마자 대번에 데리러 오겠다고 했다. 그리고 1시간 후 옆구리에 〈용한 무당 현무 선사〉라 써 붙인 구형 소나타가 휴게소 주차장에 들어섰다. 50대쯤 됐을까, 무복을 입은 채 선글라스까지 낀 현무 선사는 기다리고 있던 두 사람에게 씩 웃으며 말했다.

"타세요!"

그러고는 줄곧 거북이처럼 달렸다. 하고 싶은 이야기를 다 하면서. 특히 빨래 숲 이야기가 나온 몇 분 전부터는 목소리가 더 커졌다.

"아시는 게 있으면 다 말씀해 주세요."

옥도령에 이어 윤동욱까지 그렇게 말하자 현무 선사는 더 신난 투로 말을 이었다.

"두 분도 대충은 알고 오셨을 거예요. 맞지요? 그런데 겉으론 알려지지 않은 진짜 이야기는 나 같은 현지인이 아니면 모르지. 아무튼, 용맥이란 말 들어보셨을 거요. 산기슭을 타고 흐르는 기운이 아주 실하고 힘찬 곳을 두고 용맥이 흐른다고 하잖아요. 그런데 그 반대도 있거든. 살기맥이라고 하는데, 풍수 공부한 사람들은 다 알아요. 그 살기맥이 지나는 자리엔 흉한 일이 자꾸 생기거든요. 근데 이 살기맥이 여러 개 겹치는 곳이 있지. 그야말로 최악의 흉지라 할 수 있는데……."

"그러니까, 빨래 숲이 그런 곳이다?"

옥도령의 물음에 현무 선사는 크게 고개를 끄덕였다. 그 바람에 차가 휘청거렸지만 그는 신경 쓰지 않는 눈치였다.

"살기맥이 겹치면 틈이 열리죠. 누군가는 그게 차원의 틈이라고 하는데, 우리 쪽 용어로는 귀문이에요, 귀문. 귀문이 열리면 온갖 귀신이 드나든다는 건 다들 아시죠? 그 숲이 바로 그런 데죠. 시에서는 뭣도 모르고 그걸 개발해 보려고 몇 번이나 시도했대요. 근데 그때마다 인부가 죽어 나가고 담당자가 급사하는 일들이 생겨서 결국 포기했죠. 꽤 오래전 일인데, 도저히 안 되겠다 싶어서인지 강원도에서 제일 영험하다는 무당을 불러서 대살굿을 계획했대요. 그런데 어떻게 됐는지 아세요?"

"어떻게 됐습니까?"

이번에는 윤동욱이 물었다.

"그 무당이 자기 신당에서 나오는 순간 급살을 맞아서 반신불수가 된 거죠. 그때 이후론 누구도 숲을 건드릴 생각 자체를 못하고 지금까지 온 거예요. 그런데 잘 아는 분이 거기 있다는 거죠? 제가 조심스레 짐작하는데 그분도 지금 아주 위험한 상황일 거예요."

그건 윤동욱도 짐작하는 바였다. 그러니 더욱 서둘러야 했다. 돌이킬 수 없는 상황이 되기 전에 민시현을 구해야 하니까.

"그나저나 날씨도 영 구리네."

옥도령이 창밖을 보며 중얼거렸다. 그 말 그대로 하늘을 가득 메운 먹구름은 몇 시간 전보다 훨씬 짙어진 모양새였다. 범위도 넓었다. 눈 닿은 곳 모두 먹구름이 차지하고 있었다. 언제라도 툭 건드리기만 하면 세찬 비를 쏟아낼 기세이기도 했다. 이런 날, 흉지라 일컫는 숲에 들어간다는 건 아무리 낮이라 해도 꺼림칙한 일이기는 했다. 현무 선사가 말했다.

"저는 숲 바로 앞까지 갈 용기는 없어요. 좀 멀찌감치에 내려드릴 테니까 번거롭더라도 걸어가시는 게 좋겠네요. 괜찮으시죠?"

지금까지 말을 듣고 보면 현무 선사가 겁을 먹은 것도 그리 이상한 일은 아니었다. 윤동욱은 그가 기꺼이 데리러 와준 것만 해도 정말 고마웠다.

"그럼요. 그렇게 해주셔도 됩니다. 나머지는 저희가 알아서 하겠습니다."

"어쩌나…… 우린 무구도 없는데."

옥도령이 여전히 창밖을 보며 나지막하게 말했다. 두 사람의 무구는 각자 가방에 들어 있었고, 그 가방은 찌그러진 노란색 스포츠카에 깔려 꺼낼 수조차 없었다. 한 가지 건진 거라면 옥도령이 습관처럼 들고 다니는 캠코더뿐이었다. 화장실 갈 때도 그건 챙겨 갔었다.

"얼마나 남았습니까?"

윤동욱은 옥도령의 푸념을 무시하고 현무 선사에게 물었다.

"1시간 정도요. 피곤하실 텐데 눈 좀 붙이세요."

현무 선사는 살갑게 말했다. 그의 운전 실력으로는 절대 사고는 나지 않을 테니 어떻게 보면 마음 놓고 자는 게 가능할 것도 같았다. 윤동욱은 그렇게 생각하며 실제로 머리를 의자에 대고 눈을 감았다. 긴장이 조금은 풀리는 느낌이었다. 물론 앞으로가 더 문제였지만 적어도 지금은 쉬는 게 맞겠구나 싶었다. 옥도령도 똑같이 눈을 감고 잠이라도 청하는시 움직임이 없었다.

짧은 순간, 윤동욱은 설핏 잠에 빠져들었다.

아마도 빨래 숲인 듯한 공간이 눈앞에 펼쳐졌다. 눅진한 어둠이 달라붙은 숲에 여러 사람, 그야말로 수많은 사람이 모여 있었다. 그리고…… 그 한가운데 민시현이 무릎을 꿇은 채 앉아 있었다. 가면을 쓴 누군가가 민시현의 목에 밧줄을 걸려는 그 순간…….

"뭐예요?"

옥도령의 새된 소리가 들렸다. 윤동욱은 퍼뜩 눈을 떴다. 차가 엄청난 속도로 달리고 있었다. 질주라는 표현이 딱 어울릴 정도로 옆 차선의 차를 쌩쌩 지나쳐 갔다. 구형 소나타는 늙은이 해소 기침 같은 소리를 토해냈다. 차체가 덜덜 떨렸다. 윤동욱은 자기도 모르게 뒷좌석 손잡이를 꽉 움켜쥐었다.

"흐흐흐."

현무 선사는 재미있어 죽겠다는 듯 어깨까지 들썩이며 웃었다. 누린내가 훅 풍겼다. 차 안 공기가 살벌하게 얼어붙었다.

"정신 차리고 속도 줄여요, 속도!"

옥도령이 외쳤지만 소용없었다. 현무 선사는 속도를 더욱 높였다. 속도계가 마구 올라갔다. 거의 120킬로미터에 육박했다. 과속을 견디지 못한 바퀴가 조금씩 밀리며 차 전체가 흔들리는 게 느껴졌다.

"내가 넘어갈게."

윤동욱이 안전띠를 풀며 말했다.

"어디로?"

희뜩 뒤집어진 목소리로 옥도령이 물었다.

"조수석."

다른 수가 없었다. 이대로 두면 소나타는 다른 차와 충돌하거나 가드레일을 들이받고 뒤집힐 게 뻔했다. 그러면 빨래 숲보다 황천길 가는 게 더 빨라진다는 뜻이었다. 그것만은 피하고 싶었고, 그러니 모험을 하는 수밖에 없었다.

"위험해! 어쩌려고?"

그렇게 묻는 옥도령을 향해 윤동욱이 말했다.

"넌 계속 삼재주를 외워! 크게!"

삼재주란 긴 수행 전에 그 땅의 신에게 보고하고 잡귀를 물리치는 진언이었다. 현무 선사에게 귀가 붙은 지금 가장 빨리 효과를 볼 수 있는 게 바로 삼재주라고 윤동욱은 판단했다. 눈치 빠른 옥도령은 금세 무슨 뜻인지 알아들은 듯했다. 가타부타 다른 말 대신에 바로 그 진언을 읊었으니까.

"색동지사형 변화의의기 법극도리명. 색동지사형 변화의의기 법극도리명. 색동지사형 변화의의기 법극도리명……."

단전에 힘을 준 채 호흡을 가다듬어 외우는 삼재주는 차 안 가득 울려 퍼졌다. 이때만큼은 옥도령 목소리도 힘이 넘쳤다. 그 진언을 들으며 윤동욱은 큰 몸을 구겨 넣다시피 해서 조수석으로 이동했다. 낭랑하게 울리는 진언 덕분인지 현무 선사의 웃음은 멈춘 상태였다. 다만 멍한 눈으로 전방을 보고 있었고 코에서는 코피가 잔뜩 흘러내렸다. 그가 숨을 한 번 뱉을 때마다 사특한 기운이 날아들었다. 이 상태라면 진언이 효력을 발휘한다 해도 제정신을 차리기까지 오랜 시간이 걸릴 것 같았다. 단순히 쑥 연기를 맡게 하는 것 정도로는 현무 선사를 사로잡은 귀를 물리치기 힘들어 보였다.

"더 크게 외워!"

윤동욱은 목소리를 높인 다음 자기 역시 진언을 외기 시작했다. 신격화된 관운장의 힘을 빌려서 악귀를 쫓는 주문이었다. 전라도에서 수련할 때 익힌 진언이기도 했다.

"천하영웅 관운장 의막처 근청 천지팔위제장 천하영웅 관운장 의막처 근청 천지팔위제장 육정 육갑 육병 육을 소솔제장 육정 육갑 육병 육을 소솔제장 일별병영사귀 엄엄급급 여울령 사파하 일별병영사귀 엄엄급급 여울령 사파하."

동시에 윤동욱은 지갑에서 부적을 꺼냈다. 얼마 전 자시(子時)에 괴황지에다가 경면주사를 이용해 직접 쓴 벽사부(僻邪符)였다. 벽사부는 잡귀나 사악한 기운을 물리치는 데 탁월한 부적이었다. 그걸 현무 선사의 머리에 대고 진언을 계속 외쳤다.

"천하영웅 관운장 의막처 근청 천지팔위제장 천하영웅 관운장 의막처 근청 천지팔위제장 육정 육갑 육병 육을 소솔제장 육정 육갑 육병 육을 소솔제장 일별병영사귀 엄엄급급 여울령 사파하 일별병영사귀 엄엄급급 여울령 사파하."

효과가 있었다. 윤동욱과 옥도령의 진언에다가 부적까지 효과를 발휘하니 곧 차 안의 탁한 공기가 맑아졌다. 한기도 사라졌다. 현무 선사는 격렬하게 기침했고, 그 과정에서 시뻘건 핏덩어리를 토해냈다. 눈을 끔벅거리던 현무 선사가 천천히 윤동욱을 향해 고개를 돌렸다. 코와 입 주변이 온통 피투성이였지만 다행히 눈빛은 돌아온 듯 보였다.

"그게 나갔어요."

현무 선사는 물에서 막 끌어올린 사람처럼 헐떡이며 말했다.

"우선 운전에 집중하시죠."

윤동욱이 핸들을 가리키며 말하자 현무 선사는 화들짝 놀라며 전방을 바라봤다. 그러고는 서서히 속도를 늦췄다. 뒤에서 진언 외기를 마친 옥도령이 외쳤다.

"갓길에 대봐요! 이 상태론 계속 못 가."

"천천히 끼어드세요."

윤동욱도 거들었다. 소나타는 살얼음판을 달리듯 조심스레 차선을 바꾸며 갓길로 향했다. 현무 선사는 끼어들기에 서툴렀다. 차선 하나를 바꿀 때마다 몸이 움츠러들려는 걸 윤동욱은 필사적으로 참았다. 갓길까지 가는 몇 분이 영원처럼 길게만 느껴졌다. 다행히 아무런 사고 없이 갓길에 차를 세운 현무 선사는 비상등을 켜고는 운전석에 몸을 파묻었다. 기력이 다한 듯 잠깐 사이 십 년은 더 늙어 보였다. 핏기 없는 얼굴과 피 범벅인 코 아랫부분은 묘한 대조를 이뤘다. 그가 잠긴 목소리로 말했다.

"그게 들어왔어. 들어온다는 걸 아는데도 막을 틈이 없었어. 아니 힘이 없었던 거지."

"그거라면……."

말끝을 흐리는 윤동욱 쪽으로 현무 선사가 고개를 돌렸다. 코피는 더 이상 흐르지 않았다. 다만 입가에 피거품이 맺힌 탓에 그는 여전히 아파 보였다. 그것도 몹시.

"숲에…… 거대하고 사나운 게 있어. 나 같은 한낱 무지렁이는 절대 당해낼 수 없는 존재야. 그게 두 사람을 거부해. 죽을 거야. 거기 갔다가는."

현무 선사는 덤덤하게 말했다. 그랬기에 오히려 더 섬뜩하게 들렸다. 윤동욱도 옥도령도 아무런 말을 하지 못했다. 현무 선사에게 씌었던 그 존재가 일개 악귀가 아니라는 것쯤은 휴게소 사고에서 이미 알아챘다. 한참 떨어진 곳에까지 힘을 행사한다는 건 그만큼 기운이 강하다는 뜻이었다. 방금도 마찬가지였다. 무려 무꾸리 몸을 차지하고 사고를 내려 한 건 보통의 영가가 할 수 없는 일이었다. 숲에 가면 죽는다. 현무 선사의 경고가 가볍게 들리지 않은 건 그런 이유 때문이었다.

"저희는 여기서 내려주세요. 현무 선사님께 더는 폐를 끼치고 싶지 않습니다."

윤동욱은 진심을 담아 말했다. 옥도령도 같은 말을 했다.

"그래요. 우리 오래오래 같이 전장을 누벼야지. 우리 일은 우리가 알아서 할 테니 걱정 붙들어 매고 가보셔."

현무 선사는 마다하지 않았다. 고개를 끄덕끄덕하더니 곧 입을 열었다.

"미안하게 됐습니다. 저는 도움이 안 될 것 같네요. 다만 두 분이 쓸 무구는 드릴 수 있어요. 칠성방울과 간단한 부적 몇 장 정도."

"감사합니다. 그거면 충분합니다."

윤동욱이 말하자 현무 선사는 씁쓸해 보이는 미소를 지었다.

"아시잖아요? 아마 아무런 도움이 안 될 겁니다."

물론 알고 있었다. 그랬기에 윤동욱은 침묵만 지켰다. 그러면서 떠올렸다. 무꾸리 사이에서 내려오는 한 가지 경고를.

귀문이 열린 곳 근처에선 방울 소리를 내선 안 된다.

"고생깨나 하겠네."

옥도령이 중얼거렸다. 땡! 땡! 땡! 비상등이 깜박이면서 내는 소리가 윤동욱에게는 경고음처럼 들렸다.

가면 죽는다.

가면 죽는다.

가면…… 반드시 죽는다!

CHAPTER. 9 : 강령회

병원 침대에 묶여 있다. 온몸을 버둥거려 보지만 아프기만 할 뿐, 조금도 움직일 수 없다. 머릿속에선 수십, 아니 수백 가지 이미지가 빙글빙글 돌아간다. 대부분 흉측하고 무서운 장면이다. 처음 사이코메트리에 눈떴을 때 민시현은 경기를 일으켰다. 그 시절 기억은 마치 도려낸 듯 사라졌지만 무의식 속에는 남아 곧잘 꿈으로 나타났다.

자기에게 사이코메트리 능력이 있다는 걸 받아들이기 전에는 그건 거의 저주나 다름없었다. 아무런 의도 없이 문득 물건에 손을 댔는데 그러자마자 봐선 안 될 걸 보게 된다. 그걸 엄마와 아빠에게 말하면 이상한 소리를 한다며 야단만 맞았다. 끝내 그 순간의 혼란을 견디지 못해 초등학교 저학년 시절에 병원 신세를 지고 말았다.

장면은 갑자기 바뀐다. 이번에는 방울 소리와 여자의 사나운 외침이 크게 울려 퍼진다. 여러 사람이 사지를 붙잡고 있다. 날 선 칼이 머리 위에서 획획 움직인다. 울면서 소리 지르지만 아무도 도와주지 않는다.

병원 치료가 아무런 효과도 없자 부모님은 무당에게 어린 딸을 데리고 갔다. 물론 민시현은 그 당시도 기억하지 못했다.

무당이 소리친다.

"그 저주받은 능력 때문에 살면서 피를 계속 볼 것이야! 하지만……."

꿈은 그렇게 끝난다. '하지만' 다음은 항상 듣지 못한다.

민시현은 머리에 무지근한 통증을 느끼며 깨어났다. 이마 쪽이 심하게 부은 것 같았다. 커다란 덩어리를 달고 있는 느낌이었다. 통증의 진원지도 바로 거기였다. 맥박이 뛸 때마다 전두부 쪽이 욱신욱신 쑤셔왔다. 눈을 감고 있었지만 주위가 빙글빙글 돌았다. 현기증 역시도 머리에서 보내는 일종의 신호라는 걸 민시현은 잘 알았다. 다행히 기억은 멀쩡했다. 야구방망이에 맞았다는 것도, 그걸 휘두른 놈이 여우라는 것도 똑똑히 기억났다. 물론, 그 전에 벌어졌던 일…… 스너프가 죽음을 거부한 채 숲을 돌아다녔던 것도 잊지 않았다.

"어서 옮겨."

"네."

"다들 도착하셨습니다."

여러 사람이 분주하게 움직이며 떠드는 소리에 민시현은 슬며시 눈을 떴다. 다시 텐트 안이었고 모로 누운 상태였다. 어느새 시간이 훌쩍 흘러 늦은 오후가 된 듯했다. 텐트로 들어오는 햇빛의 양이 턱없이 부족했다. 민시현은 정신을 차리려고 길게 숨을 토해냈다. 그때 모모 목소리가 들렸다.

"괜찮아요?"

민시현은 통증을 삼키며 머리를 움직였다. 텐트 안에 앉은 세 사람이 시야에 들어왔다. 바늘과 모모, 그리고 손각시였다. 감시하기 편하게 넷을 한 텐트에 밀어 넣은 모양이었다.

"어떻게 됐어요?"

세 사람을 향해 그렇게 물었다. 대답한 이는 바늘이었다.

"저희도 몇 시간째 여기 갇혀 있어서 바깥 상황은 잘 몰라요. 의식을 준비하느라 저놈들도 바쁜 것 같긴 해요."

"저 좀 일으켜 주시겠어요?"

민시현이 말하자 손각시가 얼른 다가왔다. 손각시의 도움으로 일어나 앉자마자 두통이 와락 달려들었다. 지금까지는 묵직했다면 이젠 아주 날이 서 있었다. 민시현은 자기도 모르게 얼굴을 찡그렸다.

"아프죠?"

손각시가 물었다.

"제 머리 어떻게 됐죠? 찢어졌다거나 부었다거나……."

아니면 깨졌다거나.

"아뇨. 겉보기엔 이상 없어요."

손각시의 대답에 민시현은 안도했다. 그러고는 곧바로 쓴웃음을 짓고 말았다. 제물이 돼 죽을지도 모르는 상황인데 머리에 상처 났을까 봐 걱정하다니.

"사이코 님도 깨어났으니 이제 대책을 마련해 봐야죠."

모모가 떼꾼한 눈으로 세 사람을 보며 말했다. 그러자 바늘이 다시 입을 열었다.

"당장 도망치는 건 불가능해요. 놈들은 무기를 들고 있고, 해도 저물기 시작했으니까."

"그러면 어떻게 해요? 밤 되면 의식인지 뭔지 시작하려고 할 텐데!"

모모는 겁에 질린 표정이었다.

"물론 이대로 당할 순 없죠. 제가 생각한 방법은 이거예요. 놈들이 의식을 시작하려 할 때 각자 다른 방향으로 뿔뿔이 도망치는 거죠. 그 순간에는 의식에 집중하느라 감시가 소홀해질지도 모르거든요."

"어두운 밤에 숲에 숨는 건 안 돼요! 특히 혼자라면 더욱더."

민시현이 강하게 말하자 다들 놀란 표정을 지었다. 민시현은 머릿속으로 말을 고른 뒤 설명을 이어갔다.

"다들 어젯밤에 경험했잖아요. 이 숲엔 우리가 모르는 뭔가가 존재해요. 그게 스너프 님을 죽였고, 우릴 공황에 빠트렸죠. 그건 밖에서 의식 준비하는 저놈들과는 상관이 없어요. 이 숲 자체가 아주 위험하고 무서운 곳인 거예요. 이런 델 두고 흉지라고 하죠. 어쩌면 밖에 있는 저 사람들도 여기가 그런 곳이란 걸 아니까 이 숲에서 의식을 하려는 건지도 몰라요."

험하고 사특한 기운이 풍기는 곳에서 얼마나 무서운 일이 생길 수 있는지는 민시현은 누구보다 잘 알았다. 그리고 이 숲은 명백히 현천강보다 더 사나운 곳이었다. 그곳을 떠돌던 수귀는 무당도 피할 만큼 무서운 귀신이었지만 복수라는 확실한 목표가 있었다. 하지만…… 이 숲의 지배자는 정체를 모를 뿐만 아니라 왜 존재하는지 그 이유도 알 수 없었다. 까마득히 높게 솟은 나무 위에 뭐가 앉아 있는지 인간은 모르는 것과 마찬가지였다. 숲의 존재는 너무나 강력하고 강성해서 그 형태의 일부도 짐작할 수 없었다. 그저 눈을 감고 코끼리 다리, 아니 우람한 나무 밑동만 더듬고 있는 것 같았다. 그 사이에 그 존재는 아득한 곳에서 인간을 굽어보고 있었다. 마치 인간이 개미 떼의 움직임을 감상하듯, 그렇게.

"그래도 뭔가는 해봐야죠. 이대로 가만히 있으면 저것들 손에 죽을 게 뻔하잖아요!"

모모의 말도 맞았다. 이선미를 포함해 저 다섯이 원하는 건 산 제물이 확실했다. 끝내 피를 봐야 직성이 풀리리라. 그렇기에 저들을 설득하는 건 사실상 불가능했다. 광신과 광기가 보여주는 환상의 협주 속에는 이성이 파고들 틈이 없었다.

"우리가 먼저 공격하는 건 어떨까요?"

바늘이 조심스레 물었다.

"고, 공격이요? 우린 무기도 없잖아요!"

"저놈들 중 여우가 제일 약해 보여요. 우리 모두 한꺼번에 여우를 덮쳐서 야구방망이를 뺏는다면 저쪽에서도 쉽게 다가오진 못할 거예요. 일단 그렇게 대치하다 보면 뭔가 다른 수가 생기지 않을까요?"

"흠. 바늘 님 말이 맞는 것 같기도 한데……."

모모는 영 자신 없다는 투로 말끝을 흐렸다. 사실상 제대로 힘을 쓸 만한 사람은 바늘뿐이었다. 손각시나 모모가 돕긴 하겠지만 얼마나 활약할지는 알 수 없었다. 민시현은 눈앞이 천천히 도는 걸 빼고는 괜찮겠다 싶었는데, 사실 그게 제일 큰 걸림돌이었다. 그래도 일단 찬성했다.

"그렇게 해요. 한 명을 우선 공략하는 거라면 가능할 거예요."

"저도 도울게요."

손각시 역시 들릴락 말락 한 작은 목소리로 말했다.

"좋아요. 그러면 저놈들이 우릴 불러내서 나가는 그 순간에 덮치는 겁니다. 제가 먼저 움직일 테니 그걸 신호로 생각해 주세요."

셋은 동시에 고개를 끄덕했다. 모모가 다시 입을 열었다.

"그나저나 저놈들, 도대체 정체가 뭘까요? 스티븐 님까지 한패라니....... 사이코 님은 친구잖아요. 뭐 아는 거 없어요?"

민시현은 고개를 저을 수밖에 없었다. 그러면서 동시에 질문을 던졌다.

"저도 완전히 당했어요. 지금껏 했던 모든 말이 다 거짓인 것 같아요. 이곳에 오자고 한 거, 바늘 님 제안이 아니죠? 손각시 님도 아무런 관련이 없죠? 선미가...... 아니 스티븐이 말한 거죠?"

"네. 맞아요. 스티븐 님이 적극 추천한다며 제게 따로 연락해 왔어요. 자기가 말하면 호응이 없을 거라고 저한테 대신 제안해 달라면서. 저도 그때 처음 이곳을 알게 됐어요."

바늘이 말했다.

"저도 이런 기회를 기다렸던 건 맞는데 뭔가를 꾸미진 않았어요."

손각시도 그렇게 말했다.

"역시…… 스티븐이 모든 걸 꾸몄네요. 즉, 우린 미끼를 문 거였어요. 애초에 여기서 의식을 진행하려고 작정한 거죠."

그제야 퍼즐이 맞춰지는 느낌이었다. 민시현은 궁금했다. 유능한 편집자 이선미라는 가면을 쓰고 살아온 것일까, 아니면 지금이 가면을 쓴 모습일까?

"제가 생각해 봤는데 저것들 컬트 집단일 거예요. 악마 숭배, 뭐 그런 놈들 있잖아요!"

모모가 말하자 바늘이 바로 반응했다.

"저도 같은 생각이에요. 저 다섯 명 안에서도 서열이 정리돼 있고, 각자 맡은 일이 달라요. 어쩌면 이번이 처음이 아닐지도 몰라요."

"맞아요. 이번이 처음이 아니에요."

민시현은 엉겁결에 그렇게 말한 후 아차 싶었다. 안 그래도 혼란스러운 상황인데 자기 사이코메트리 능력까지 설명하고 싶지는 않았다.

"어떻게 확신하세요?"

대번에 모모가 물었다. 그때였다. 내내 입을 다물고 있던 손각시가 조용히 말했다.

"저도 같은 생각이에요. 다들 기억하세요? 여기 오는 길에 차 안에서 제가 떠들었던 거. 이 숲에 대해 여러 이야기를 했죠. 그거 사실 정말 열심히 조사해서 알게 된 거예요. 그리고 사이코 님에겐 이미 말했는데 놈들이 악마 숭배자라는 것도 처음 보자마자 알아챘어요. 왜냐하면 제 오빠가 여기에서 실종됐거든요. 근데 경찰은 이 숲을 조사조차 안 했어요. 오빠 핸드폰 신호가 마지막으로 잡혔던 곳이 여기서 한참 떨어진 어느 바닷가여서……. 하지만 전 분명히 통화했어요. 그땐 숲이었고요. 오빠가 마지막으로 했던 말이 아직도 생생해요. 숲에서 다른 사람들을 만났다는 거였어요. 손목에 똑같이 리바이어던 십자가 문신을 한 사람들을. 오빠도 저처럼 오컬트에 관심이 많았거든요. 그래서 대번에 알아본 거죠. 애초에 여기 온 것도 오싹한 체험을 위해서였는데…… 그 통화 후로는 오빠를 찾을 수 없었어요. 아마 저들 소행인 것 같아요."

"그러면 손각시 님은 그 사건 탓에 이곳에 오려고 한 거네요?"

모모가 묻자 손각시는 고개를 끄덕였다.

"혼자 올 용기는 없었지만, 다른 사람들과 함께라면 괜찮겠지 싶었어요. 그런데 이런 일이 생길 줄은 몰랐죠. 스티븐 님 손목에 있는 리바이어던 십자가 문신을 너무 늦게 알아챘어요."

"리바이어던 문신이라면 사탄 숭배하는 놈들이 새기는 거죠?"

모모가 물었다.

"맞아요. 저도 봤어요. 놈들 모두 그 문신이 있어요."

바늘이 대답했다. 민시현은 손각시를 향해 이야기했다.

"우리가 이렇게 된 건 그 누구의 잘못도 아니에요. 그러니 자책할 필요 없어요! 우리가 계획했던 대로 잘할 수 있게 거기에만 신경 쓰죠."

"알았어요."

민시현의 말에 손각시가 전에 없이 단호한 말투로 대답했다. 그 순간이었다. 마치 기다리고 있었다는 듯 누군가가 텐트로 다가왔다. 저벅저벅 하는 발소리가 유독 크게 들렸다. 네 사람은 긴장한 표정으로 서로를 바라봤다. 곧 텐트 문이 열렸다. 얼굴을 들이민 건 흑곰이었다.

"나와."

흑곰은 깎아놓은 무처럼 무뚝뚝한 표정으로 짧게 말했다.

유독 검은자위가 짙은 그의 눈이 텐트 안의 넷을 쓱 훑었다.

"저부터 나갈게요."

바늘이 먼저 일어났다. 그 뒤를 모모와 손각시가 따랐고, 민시현은 마지막으로 텐트에서 나갔다.

야영지는 좋게 말해서 한껏 꾸며졌고, 나쁘게 말한다면 어울리지 않는 여러 재료를 이리 붙이고 저리 붙여서 기괴한 콜라주를 만들어놓은 것 같았다. 피 칠갑을 해 벌겋게 변한 바닥에는 역오망성이 그려져 있었다. 웹소설을 쓰느라 자료 조사를 꽤 했던 민시현은 거꾸로 뒤집힌 오각형을 두고 '역오망성', 혹은 '멘데스의 염소'라 부른다는 걸 알았다. 오망성 자체는 신비한 힘을 지닌 문양이지만 그게 거꾸로 뒤집히면 악마의 상징이 된다. 다섯 개 모서리 끝에는 의미를 알 수 없는 문자가 적혀 있었다. 영화에서 흔히 나올 법한 전형적인 문양이긴 해도 지금의 상황과 맞물리니 예사롭게 보이지 않았다. 마음에 걸리는 건 또 있었다. 모서리마다 하나씩 모두 다섯 개의 횃불이 불타는 중이었다. 그 때문에 아직 밤도 찾아오지 않은 숲이 아이러니하게도 더 어두워 보였다. 횃불 바깥의 공간은 잘 보이지 않을 정도였다. 불을 밝히고 있는 횃대는 어디 아프리카 부족민이 쓸 법한 모양새였다. 지극히 유럽적 문양인 역오망성에 횃불은 아프리카 쪽이라니 아무래도 어색했다. 다만 한 가지는 진짜였다. 애써 그걸 외면하려 했지만 워낙 존재감을 드러내고 있어 민시현도 어쩔 수 없이 쳐다봤다.

굵은 전나무 가지에 네 개의 밧줄이 걸려 있었다. 밧줄 끝은 둥글게 매듭을 지어놓았다. 목을 매달기 딱 좋은 높이와 넓이였다. 다른 게 전혀 안 어울리고 우스꽝스럽다고 해도 그것만은 흉흉한 분위기를 물씬 풍겼다. 민시현만이 아니라 다른 셋도 그 밧줄에서 눈을 떼지 못했다. 심지어 그것들은 바람을 맞아 살랑살랑 흔들리고 있었다. 마치 손짓이라도 하는 듯.

"어때? 잘 꾸몄나?"

제사장은 연극적으로 두 팔을 들어 보였다. 흑곰이 마체테를 들이대며 민시현을 포함한 넷을 무릎 꿇게 했다.

"아는 사람도 있겠지만, 동물의 피로 터를 다진 뒤 그 위에 역오망성을 그리면 강령술이 훨씬 잘 되지."

어느새 나타난 이선미가 자랑하듯 말했다.

"너 모르겠어? 이 숲에서 그런 의식을 하면 절대 안돼!"

민시현은 무릎을 꿇은 채로 이선미를 쏘아보며 말했다. 그러자 이선미는 더 환하게 웃었다.

"잘 알아. 그래서 그분을 불러내기 위한 의식을 하는 거야."

"여기엔 이미 무시무시한 게 있어! 어젯밤 스너프 님이 죽을 때 너도 같이 있었잖아."

"이 숲에선 그런 일이 비일비재해. 혹시 레이 라인이라고 들어봤어?"

"어! 그, 그거 신비한 에너지가 흐르는 곳에 레이 라인이라는 보이지 않는 선이 있는데 그게 지나가는 자리에 스톤헨지나 피라미드 같은 고대 유적이……."

모모는 자기가 아는 이야기가 나오자 언제 떨었냐는 듯 신나게 말했다. 듣고 있던 이선미가 손을 들어 자르기 전까지.

"맞아요. 우린 이 숲에 레이 라인이 흐른다는 걸 파악했어요. 그것도 하나가 아니라 여러 선이 교차하고 있죠. 이렇게 레이 라인이 겹친 곳에선 종종 차원의 문이 열리죠. 미스터리한 존재가 나타나는 것도, 사람이 실종되는 것도 그런 이유 때문이죠."

"그런 걸 아는데도 의식을 진행하겠다고? 그것도 우릴 모두 죽이면서까지?"

민시현은 분노했다. 목소리가 높아졌다. 아무리 상식이 안 통한다고는 하지만 이선미의 지금 태도는 도저히 이해할 수 없었다. 그는 마치 장난감을 앞에 두고 즐거움에 취해 떠들어대는 것 같았다.

"이건 엄연히 범죄입니다! 안 들키고 안 잡힐 리 없어요. 우리가 이곳에 온다는 건 모임 사람들이 다 알고 있어요. 이대로 사라진다면 바로 수사가 시작될 겁니다. 그러니 여기서 멈추세요. 지금까지의 일은 문제 삼지 않겠습니다. 신고도 안 할 거고요. 이대로 조용히 돌아가게만 해주세요."

바늘이 제사장을 보며 말했다. 마지막으로 설득해 보려는 것 같았다. 제사장은 소리까지 내서 웃더니 이내 대답했다.

"우리 걱정은 안 해도 돼. 사건을 덮는 것쯤이야 알아서 할 수 있으니까. 너희는 그냥 자랑스러워하면 돼. 그분을 위해 희생한다는 사실에."

민시현은 이 모든 게 너무나 연극적이라고 생각했다. 제사장과 이선미는 세트를 꾸며놓고 연기하는 배우 같았다. 그들은 자기 앞에 무릎 꿇은 네 사람이 아닌 제3의 누군가를 향해 말하고 있었다. 그런 느낌을 받은 순간, 민시현은 고개를 돌렸다. 동시에 "아……." 하는 소리가 터져 나왔다.

텐트 뒤 숲속에 사람들이 서 있었다. 열 명? 아니, 그보다 많다. 스무 명 정도는 돼 보인다. 모두 똑같이 검은색 로브를 걸치고 흰색 가면을 썼다. 아무런 무늬도 없이 그저 얼굴만 가리는 밋밋한 가면이다. 그랬기에 남자인지 여자인지, 나이가 많은지 적은지 아무것도 알 수 없었다. 다만 한 가지, 저들이 앞으로 펼쳐질 강령회를 즐기러 왔다는 건 짐작이 가능했다.

"저, 저 사람들 뭐예요?"

민시현을 따라 뒤를 돌아본 나머지 셋 역시 충격에 빠졌다. 모모는 떨리는 목소리로 물었다. 대답해 줄 사람은 없었다. 흰 가면에는 눈구멍만 뚫려 있을 뿐이었다. 그렇다는 건 침묵을 지키겠다는 뜻이었다. 말없이 지켜본다. 숲의 어둠에 숨어서, 검은색 로브로 몸까지 가린 채. 그것은 지금 상황에서 행사할 수 있는 가장 지독한 폭력이었다.

"이제 1시간 후면 어두워질 거다. 그 전에 잠깐의 여흥이자 마지막 준비 단계를 보여주겠다. 저기 계신 분들도 슬슬 자극적인 걸 원할 때가 됐거든."

제사장이 말했다. 그러자 오소리가 숲에서 커다란 염소 한 마리를 끌고 나왔다. 도대체 언제 다 준비한 건지 알 수 없었다. 염소는 빨간 눈알을 뒤룩거리며 이곳저곳으로 시선을 던졌다. 소리는 내지 않았다. 자기 운명을 직감한 듯 버둥거리지도 않은 채 그저 인간들을 노려볼 뿐이었다.

"염소를 제물로 바치는 건 그분께 이제 의식이 시작된다는 걸 보고드리는 것과 같아."

이선미가 말했다. 횃불 때문인지 아니면 흥분해서인지 그의 뺨은 붉게 달아오른 상태였다.

"네가 계속 말하는 그분이 도대체 누구야?"

민시현은 궁금했던 걸 물었다. 이 강령회가 악마를 소환하는 의식이라는 건 뻔한 사실이었다. 분신사바 같은 게 아니었다. 인간의 죽음을 담보로 무언가를 불러내는 거라면 그건 아주 거창하고 위험한 존재일 터였다. 의식의 성공 여부는 중요하지 않았다. 중요한 건…… 이선미 일당이 산 제물 넷을 바치면 무언가를 소환할 수 있다고 믿는다는 사실이었다. 그리고 저 뒤에 선 가면 쓴 관람객들 역시…….

"그래. 자기가 어떤 분을 위해 희생하는지 정도는 알아야겠지. 우리가 모시려는 분은 바로 지옥의 왕, 바엘 님이다."

이선미가 아니라 제사장이 대답했다. '바엘'이라고 밀힐 때는 목소리가 파르르 떨리기도 했다. 그걸 듣고 있던 바늘이 큰 소리로 외쳤다.

"솔로몬의 72 악마? 맞지? 거기서 서열 1위가 바엘이고. 설마 그걸 진심으로 믿는 거야? 그건 다 지어낸 거야. 기록 몇 개를 가지고 후대 사람이 살을 붙여서 만들어낸 거라고! 우릴 죽이면 악마가 나타난다? 멍청한 소리 좀 그만해!"

존댓말 없이 이야기를 쏟아낸 바늘은 한쪽 구석에 멍하니 선 여우를 힐끔 봤다. 민시현은 알아챘다. 그게 신호라는 걸. 모모와 손각시 역시 눈치챘길 바라면서 민시현은 상황을 살폈다. 바늘이 움직이면 바로 달려든다.

"멍청한 소리인지 아닌지는 보면 알겠지. 물론 너희는 결과는 확인할 수 없겠지만."

제사장은 그렇게 말하며 턱짓으로 염소를 가리켰다. 그걸 꽉 붙들고 있던 오소리는 주머니에서 잭나이프를 꺼내 들었다.

"자, 여러분. 이 역오망성 안에서 뿔 달린 산 짐승을 죽이는 것만으로도 어떤 일이 생기는지 똑똑히 봐주세요."

이선미가 들뜬 목소리로 뒤쪽 사람들을 향해 말했다. 사람들도 가만히 있지는 않았다. 약속이라도 한 듯 입으로 같은 소리를 냈다.

'흠...... 흠...... 흠......'

낮게 깔린 그 소리를 듣는 순간, 민시현은 사이코메트리 때 봤던 장면을 떠올릴 수밖에 없었다. 그때와 같은 상황이었다. 공기가 진동하는 듯한 소리 역시 같았다. 그 소리는 점점 커졌다.

'흠...... 흠...... 흠......'

오소리가 염소의 목 밑에 칼을 대고는 바로 그어버렸다.

메에!

염소는 그제야 날카롭게 울었다. 오소리는 염소를 놓아주었다. 그 가여운 짐승은 역오망성 안을 펄쩍펄쩍 뛰면서 돌아다녔고, 그랬기에 목에서 흘러내린 피가 안 그래도 검붉은 바닥에 잔뜩 흩뿌려졌다. 바로 그 순간이었다. 먹구름이 하늘을 가리기라도 한 건지, 아니면 해가 확 저물었는지 숲이 갑자기 어두워졌다. 누가 갑자기 조도를 낮추기라도 한 것 같았다.

"오오!"

추임새를 넣듯 음 음 소리를 내던 뒤쪽 사람들 사이에서 그런 탄성이 터져 나왔다. 민시현은 똑똑히 봤다. 다가오는 죽음이 두려워 날뛰는 염소 주위로 회오리바람이 이는 것을. 나뭇잎과 잔가지 같은 것들이 빠르게 맴을 돌며 하늘 위로 솟아올랐다. 동시에 염소가 풀썩 쓰러졌다. 상처가 더 벌어졌는지 검붉은 피가 울컥울컥 쏟아져 나왔다. 그것으로 끝이 아니있다. 그 커다란 염소가 회오리바람 안에서 빙글빙글 돌며 천천히 떠올랐다. 민시현은 한기를 느꼈다. 이 숲에 은은하게 맴도는 그 서늘한 기운과는 차원이 다른 한기였다. 그때였다. 바늘이 벌떡 일어나며 외쳤다.

"지금!"

그가 여우에게 달려가는 걸 보며 민시현도 뒤를 따랐다. 모모 역시 여우에게 달려들었다. 염소에 정신이 팔려 있던 여우는 한발 늦게 반응했다. 그가 야구방망이를 치켜들었을 때는 이미 바늘이 품으로 파고든 뒤였다.

"악!"

여우는 외마디 비명을 쏟아내며 뒤로 넘어졌다. 멋지게 태

클에 성공한 바늘은 바로 여우 위에 올라탔다. 모모도 여우의 두 팔을 꽉 눌렀다. 그사이에 민시현이 여우의 오른손에서 야구방망이를 빼냈다.

"나한테 줘요!"

그렇게 외치는 바늘을 향해 민시현은 야구방망이를 건넸다. 그걸 받아 든 바늘이 여우를 밟은 채로 일어났다.

"됐어!"

모모가 소리쳤다. 바늘은 야구방망이로 여우의 머리를 겨냥한 다음 제사장을 향해 외쳤다.

"네 친구, 아니 부하 머리통을 날려버리기 전에 모두 물러서! 흉기 내려놓고 다들 멀찌감치 떨어지라고!"

놈들은 꿈쩍도 하지 않았다. 그저 물끄러미 보고만 있었다. 가면 쓴 이들도 마찬가지였다. 일제히 고개를 돌린 채로 바늘을 주시했다. 표정을 볼 수는 없었지만, 그 얼굴들에 호기심이 서려 있으리란 건 짐작하고도 남았다. 상황이 이상하게 돌아간다는 걸 눈치챈 민시현이 바늘을 향해 나지막이 속삭였다.

"야구방망이 들고 이대로 여길 떠요. 저 사람들, 여우가 죽건 말건 아무 관심도 없는 것 같아요."

"그래요. 그렇게 하죠."

바늘도 동의했다. 민시현은 모모를 향해 눈짓을 보냈다. 그런 다음 손각시에게로 고개를 돌렸다. 그런데……

"손각시 님?"

그 자그마한 체구의 여자는 허공을 올려다보는 모습으로 딱 굳어 있었다. 눈이 완전히 돌아간 상태였다. 흰자위밖에 없었다. 손각시는 그런 채로 위턱과 아래턱을 딱딱 마주쳤다. 몇 번이나 계속해서.

딱딱.

딱딱딱.

딱딱딱딱.

손각시는 점점 더 빠르게 턱을 마주쳤고, 그 소리는 딱따구리가 나무를 쪼아댈 때처럼 온 숲에 울려 퍼졌다. 민시현과 그 일행은 물론이고 제사장 무리, 그리고 가면을 쓴 이들까지 손각시에게서 눈을 떼지 못했다. 이미 회오리바람은 사라진 지 오래였다. 목에서 피를 뿜어내던 염소는 얌전히 쓰러져 있었다. 숲에서 소리를 내는 존재라고는 손각시가 유일했다.

"그, 그분이 벌써 오신 거야?"

이선미가 더듬거리며 물었다. 제사장은 당황한 표정이었다. 멍하니 손각시를 보면서 입을 반쯤 벌린 채로 그는 고개를 계속 저었다.

"아니야. 이럴 리가 없는데…… 이건 내가 알고 있던 것과 달라……."

 제사장은 말을 끝맺지 못했다. 뭔가가 하늘에서 떨어져 내렸기 때문이었다. 빗방울, 아니 우박처럼 떨어지며 야영지를 뒤덮기 시작한 그것은…… 애벌레였다. 싯누런 그 생명체가 그야말로 쏟아져 내리며 사람들에게 달라붙었다. 민시현은 머리를 감싼 채 웅크렸다. 여기저기서 비명이 들렸다. 그런 중에 이선미가 내지르는 악다구니가 선명하게 울렸다.

 "어떻게 좀 해봐! 해결하라고!"

 제사장은 떨리는 목소리로 외쳤다.

 "내, 내가 주문을……. 라 엘시크 드 사티니 데모니까 알……."

 거짓말처럼 애벌레 비가 멈췄다. 민시현은 천천히 고개를 들었다. 바닥에 떨어진 애벌레들은 꿈틀꿈틀 기어다니고 있었지만 더는 쏟아져 내리지 않았다. 대신 역오망성 한가운데 죽은 염소가 우뚝 서 있었다. 이선미가 그걸 보고 희열에 차서 소리쳤다.

 "염소가 살아났어! 그분이 오신 거야. 바엘……."

 번쩍! 숲 전체가 섬광에 휩싸인 찰나, 벼락 한 줄기가 염소를 향해 그대로 내리꽂혔다. 염소는 일순간 불길에 휩싸이더니 다시 쓰러져 타들어 갔다. 모두 아무 말도 하지 않았다. 민시현은 깨달았다. 지금까지 벌어진 모든 일은 바다 건너 다른 나라의 악마와는 아무런 상관이 없다고. 이 숲에 도사린 존재가 본격적으로 움직이기 시작했다고.

기다렸다는 듯 비가 쏟아졌다. 제사장 무리가 래커로 조잡하게 그려놓은 역오망성은 순식간에 씻겨 사라졌고 바닥에 피거품이 일었다. 가면 쓴 이들이 당황한 듯 웅성거리더니 하나둘 돌아섰다. 숲에서 나가려는 듯 보였다.

"여, 여러분. 이제 시작입니다. 일단 비가 잠잠해질 때까지 기다려주세요."

제사장이 그렇게 말한 순간이었다. 숲 위로 거대하고 촘촘한 어둠이 드리웠다. 그리고…… 그 소리가 텐트 안에서 울려 퍼졌다. 고막을 두드리는 기계 소리 3종 세트가.

띠띠띠띠띠띠띠띠띠띠띠띠띠띠띠띠띠띠띠띠띠띠띠띠띠띠띠띠띠띠띠띠띠띠띠띠띠띠띠!

삐 삐!

치직!

민시현은 귀를 막으며 주위를 둘러봤다. 손각시가 사라지고 없었다.

통화 ③ : 아문스님

통화 시작

- 안녕하세요? 암자에 스님 연락처가 있는 걸 보고 전화를 드렸습니다. 아문스님 맞으시죠?
- 네. 제가 아문입니다. 이 번호를 아신다는 건 숲에 들어가기 직전이라는 뜻이겠군요.
- 맞습니다. 아! 저는 무꾸리입니다. 이름은 윤동욱이고, 제 옆에는 옥도령이라고 다른 무꾸리도 있습니다.
- 어허, 신령님을 모시는 두 분께서 무슨 일로 그 삿된 숲으

로 가시려는가?

― 숲에서 구해 나올 사람이 있습니다. 그래서 여쭤 보고 싶은데, 혹시 숲의 내력을 아십니까?

― 내력이라…… 그곳이 흉지란 건 이미 아실 테고, 암자가 지어진 연유를 말씀드리면 궁금증에 대한 답은 될 겁니다.

― 네. 부탁드립니다.

― 때는 1980년대였습니다. 정확히는 1980년대 초였죠. 아시겠지만 그때 군사 정권이 들어섰습니다. 엄혹했던 시절이었죠. 혹시…… 삼청교육대라고 들어보셨습니까?

― 알고 있습니다. 군사 정권 시절 아무 사람이나 닥치는 대로 체포해서 불법으로 감금하고 폭력을 행사했죠.

― 맞습니다. 삼청교육대는 특정 시설이 아니라 여러 개의 군부대에 민간인을 나눠서 감금했고, 거기서 각자 폭력적인, 이른바 교화 작업에 들어갔습니다. 당시에는 그 숲 근처에도 부대가 있었습니다. 제2군단 예하 부대였는데 이름은 잘……. 아무튼 지금은 해체되었죠. 그 사건 때문에요.

― 그 사건이라면?

― 부대에 민간인을 잡아다 놓고 교육 아닌 교육을 하고 있었을 때였습니다. 거기에 학질, 그러니까 말라리아가 돌았죠.

― 말라리아…….

- 당시 우리나라는 말라리아 박멸을 앞두고 있었습니다. 그 말은 그 감염병에 대한 경험을 가진 이가 드물었다는 뜻이죠. 특히 부대 내에서는 더욱 그랬습니다. 환자가 몸을 떨어대고 고열에 시달리는 데도 그저 꾀병이라 치부하며 계속 혹독한 벌을 줬던 것 같습니다. 심각성을 알아차렸을 때는 이미 쉰 명도 넘는 사람이 말라리아에 걸렸고…… 그중 살아남은 이는 10퍼센트가 되지 않았다고 합니다.

  - 그, 그렇게 많은 사람이 죽었다면…….

  - 당연히 사회적인 파장이 커야 했죠. 그랬기에 정부는 더욱 필사적으로 덮을 수밖에 없었습니다. 삼청교육대에 끌려온 이들 중에는 신원 확인도 안 된 사람이 많았습니다. 그냥 어딘가에 묻어 버리면 그걸로 끝이었죠.

  - 설마…… 그때 죽은 사람이 그 숲에?

  - 맞습니다. 군인들은 울창한 숲 여기저기에 구덩이를 파고 시체를 아무렇게나 묻었습니다. 더 끔찍한 일은 말라리아에 걸렸을 뿐 아직 죽지 않은 이들도 함께 묻었다는 겁니다.

  - 아…….

  - 원래도 울창했지만, 그 일 이후 숲의 나무는 더욱 우람하고 높게 자랐다고 합니다. 그러곤 결국 지금에 이르렀지요.

  - 암자는 언제 세워졌습니까?

- 당시 군부대에서 조계종 쪽에 특별히 부탁했다고 들었습니다. 그들도 알았던 거죠. 끔찍한 일 뒤에 더 끔찍한 사건이 따라올지도 모른다는 걸. 그걸 조금이라도 누르기 위해 숲 근처에 암자를 짓고 중이 상주하면서 불공을 드리게 했던 겁니다. 40여 년 전부터 근래까지 쭉 그 일을 반복했죠.

 - 그렇다면 숲에는 원한을 품은 영가가 가득하겠군요.

 - 저는 암자에 있는 동안 단 한 번도 숲에 들어가지 않았습니다. 암자에서도 충분히 느낄 수 있었거든요. 숲이 내뿜는 사특한 기운을. 영가라고 하셨지요? 그건 반만 맞는 표현입니다. 그곳은 단순히 수많은 영가가 머무는 곳이 아닙니다. 숲 자체가 무시무시한 생령이 되었죠. 땅 밑으로 얽히고설킨 뿌리처럼 숲과 죽은 이들이 그렇게 얽히게 된 겁니다.

 - 생각보다 훨씬 심각하군요.

 - 네. 그러니 화를 입지 않으시려면 그냥 돌아가십시오. 그곳에 들어간 지인은 이미 죽은 목숨이라고 봐야 합니다.

 - 실례가 안 된다면…… 스님께서는 왜 암자를 비우신 건지요?

 - 그동안 암자에서 묵은 중은 하나같이 단명했습니다. 저도 예외는 아니네요. 치료가 어려운 큰 병에 걸렸습니다. 아마 제가 마지막일 겁니다. 소인이 죽은 후에는 암자도 철거할 거라

고 들었습니다.
 - 그렇군요. 쾌차하시기를 진심으로 빌겠습니다.
 - 아니요. 진심인 건 알겠지만, 쾌차는 어렵습니다. 이미 두 다리를 잘랐거든요. 하하하.

 통화 종료

CHAPTER 10 : 혼돈

 민시현은 커다란 바위 뒤에 숨었다. 비가 쏟아지는 걸 막을 수는 없어도 누군가로부터 몸을 숨길 수는 있을 것 같았다.
 누군가?
 그게 누구인지 묻는다면 민시현도 마땅히 대답할 말이 없었다. 숲에는 사악한 존재가 도사리고 있었다. 그리고 그 존재는 숲에 들어온 모든 살아 있는 것들을 죽여야 직성이 풀리는 것 같았다. 염소가 벼락을 맞고 텐트 안의 기계들이 미친 듯이 울어댄 직후 야영지에서는 혼돈과 공포의 난장이 펼쳐졌다. 차디찬 바람이 세차게 분다 싶더니 구경 중이던 이들의 가면

이 모두 깨졌다. 스무 명 정도 되는 사람들은 당황해서 어쩔 줄 몰라 하다가 사방으로 뿔뿔이 흩어졌다. 그렇게 도망치던 이들 중 한 명이 공중으로 휙 들려 올라간 건 순식간의 일이었다. 중년의 남자는 마치 낚시에 걸린 물고기처럼 허공에 매달려 버둥거렸다. 그러면서 비명을 내질렀다. 그 소리에 도망치던 사람들이 모두 멈춰 서서 돌아봤다. 중년 남자의 운명은 찰나에 끝났다. 그를 들어 올린 무언가는 그 순간을 기다렸다는 듯 모두가 돌아보자마자 중년 남자를 굵고 뾰족한 나뭇가지에 꿰어버렸다. 민시현은 가슴을 뚫고 나온 나뭇가지와 흘러내리는 피, 그리고 고통에 못 이겨 비명을 내지르는 남자의 얼굴을 똑똑히 봤다. 민시현만이 아니었다. 모든 사람이 그 믿을 수 없고 끔찍하기 짝이 없는 상황을 목격했다. 충격은 즉각적이었지만 여파가 몰려와 사람들의 이성을 강타하기까지는 시간이 조금 걸렸다.

"으아악!"

중년 남자가 쏟아내는 처절한 비명이 다시 울려 퍼진 순간, 그 아래 서 있던 인간들은 그제야 깨달았다는 듯 도망치기 시작했다. 살육의 쓰나미를 피해서. 민시현도 그중 하나였다. 그는 뒤로 돌았고, 숲의 입구이자 출구라 생각되는 지점으로 달렸다. 그러면서도 손각시의 말을 머릿속에서 떨치지 못했다. 빨래 숲에는 입구도 출구도 없다는 말.

비가 내리면서 숲이 꼭꼭 감추고 있던 진짜 냄새가 올라왔다. 깊이 들이마시면 싱그러움과 풋풋함을 동시에 느낄 수 있는 식물 향이 아니었다. 깊고 진한 흙냄새도, 당연히 아니었다. 그런 건 소풍과 야영이 허락된 평범한 숲에서나 풍기는 냄새였다. 민시현의 콧속을 파고든 건 악취였다. 동물성의 무언가가 썩어가며 풍기는 냄새, 톡 쏘는 산성의 향과 비위를 자극하는 부패의 향이 절묘하게 뒤섞여 코가 아니라 뇌를 바로 타격하는 듯한 끔찍한 악취가 매섭게 달려들었다. 민시현은 구역질을 간신히 참으며 어두컴컴한 숲을 달리고 또 달렸다. 그러다가 기운이 다해 잠시 쉬어 갈 곳을 찾다가 바위를 발견하게 된 것이었다.

잠깐 사이 숲은 더 어두워졌다. 비구름 때문만은 아니었다. 해가 지고 있다는 건 분명했지만 숲을 에워싼 어둠은 그런 것과는 차원이 달랐다. 아주 거대하고 시커먼 천이 이 숲 전체를 뒤덮는 듯했다. 가장자리에서부터 서서히 천이 밀려온다. 그다음엔…… 끝없는 암흑이 도래할 것이다. 그 전에 숲에서 벗어나야 했지만 민시현은 자신이 없었다. 이미 길을 잃어버렸고, 자기의 유일한 무기는 핸드폰 플래시가 다였다.

민시현은 몸을 잔뜩 웅크린 채 숨을 골랐다. 추웠다. 안 그래도 서늘한 공기가 떠도는데, 비에 젖은 탓에 더 추웠다. 이럴 거면 차라리 계속 움직이는 편이 나을 듯싶었다. 민시현은 일어났다. 그때였다. 누군가가 민시현의 어깨를 확 당겼다.

"아악!"

놀란 민시현이 비명을 내지르며 뒤를 돌아봤다. 이선미가 서 있었다. 비에 흠뻑 젖어 머리카락이 착 달라붙은 이선미는 퀭한 눈으로 민시현을 쳐다봤다. 어둑어둑했지만 번득이는 눈빛만은 확실히 보였다.

"시현아."

이선미가 불렀다. 민시현은 뒤로 물러서며 말했다.

"오지 마!"

"미안해. 나도 이렇게 될 줄은 몰랐어."

너무나 뻔뻔한 말에 실소가 터져 나왔다. 이선미를 노려보며 민시현이 외쳤다.

"그 말을 믿으라고? 날 속여서 여기 데려온 것도 모자라 죽이려고 했으면서 이럴 줄 몰랐다고?"

"미안해. 나도 제사장 그 새끼한테 속은 거야. 믿어줘."

"지랄하지 마! 이번이 처음도 아니잖아. 내가 모를 줄 알아? 얼마 전에도 여기서 죄 없는 남자를 죽였지. 그것도 강제로 목매달아서. 그 밧줄을 뭐로 잘랐는지 내가 맞혀볼까? 바로 맥가이버칼이야! 죽은 남자 물건! 그러곤 줄곧 네가 들고 다니지. 마치 자기 것처럼. 틀렸어?"

"어, 어떻게 그걸……."

"너희가 죽인 그 남자가 손각시 님 오빠야! 자, 이젠 저리로 꺼져! 다가오면 나도 가만히 있지 않을 거야."

"시현아. 한 번 더 말하지만, 난 제사장한테 완전히 속았어. 그래, 네 말이 맞아. 몇 달 전에 여기서 같은 의식을 했어. 근데 난 그냥 염소나 새 같은 걸 제물로 바치고 마는 줄 알았단 말이야! 제사장이 아무 예고도 없이 낯선 남자를 데리고 왔어. 그때 바로 알아채고 빠졌어야 했는데…… 정신을 차리고 보니 남자는 이미 심하게 다친 뒤였어. 맹세해! 난 아무것도 기억이 안 나."

"거짓말도 정도껏 해!"

"아, 아니야! 제사장이 음료수라며 준 게 있어. 그걸 마신 뒤로 기억이 사라진 거야. 제정신이 아닌 상태로 그런 짓을 한 거라고! 그런데 제사장은 그걸 약점으로 삼아 날 계속 협박했어. 그래서 어쩔 수 없이 사람을 모아 온 거야. 미안해……."

이선미는 고개를 떨군 채 흐느꼈다. 민시현은 돌아섰다. 괜히 마음이 약해지려는 걸 피하려고. 이선미 말이 사실이라 해도 어제와 오늘 보여준 행동에는 변명의 여지가 없었다. 제사장보다 더 적극적이었던 게 바로 이선미였다. 평범한 인간이라는 가면 아래에서 흉측한 상상을 마음껏 하며 히죽거렸을 이선미의 모습을 떠올리니 새삼 화가 치밀었다. 민시현은 다시 이선미 쪽을 보며 말했다.

"변명은 잘 들었어. 내 생각은 변함없어. 난 이 숲을 빠져나가는 데 집중할 거야. 구질구질한 사연 같은 거 이젠 안 들을 거야."

"제발 같이 가! 나, 너무 무섭단 말이야. 너, 너도 봤잖아. 여기 진짜가 있어! 지난번에 왔을 땐 아무 일도 없었는데…… 지금은, 지금은……."

이상한 소리가 들린 건 바로 그때였다. 이선미가 주절주절 이야기를 늘어놓으려던 그 순간. 흉내조차 낼 수 없는 그 소리는 차라리 진동에 가까웠다. 마치 천둥처럼 공기를 뒤흔들었지만 그렇다고 고막을 찢는 큰 소리는 아니었다. 굳이 표현하자면 우뚝 선 무언가가 나무를 스치며 움직일 때 그것의 외피와 나뭇잎이 거칠게 부딪히며 울려 퍼지는, 그런 소리에 가까웠다. 그리고 그 소리는 듣는 순간 즉각적으로 피를 얼어붙게 했다. 민시현 자신이 그랬고, 표정으로 봐서 이선미 역시 똑같다는 사실을 알아챘다.

"도망쳐!"

민시현은 그렇게 외친 뒤 달렸다. 이선미와 대화를 나눈 그 짧은 순간에도 어둠은 더 짙어져 이젠 플래시를 켜지 않고는 움직일 수 없었다. 그럼에도 민시현은 망설였다. 연약한 한 줌의 불빛이라도 뒤쫓아오는 존재는 알아볼 것만 같았다. 어둠이 더께더께 쌓일수록 빛이 필요했고, 빛을 밝힌 순간 들키고 마는 딜레마라는 이름의 악순환이었다.

"으아아!"

어느새 이선미가 민시현을 앞질러 달렸다. 그는 이미 핸드폰 플래시에 의지하고 있었다. 어쩔 수 없다는 생각에 민시현 역시 플래시를 켰다. 두 줄기 희미한 불빛이 어둠의 틈새를 밝히며 아래위로 흔들렸다. 소리는 계속 쫓아왔다. 상상도 못 할 만큼 거대한 무언가가 나뭇가지를 이리저리 헤치며 다가온다. 빠르게, 그리고 게걸스럽게. 민시현은 그 존재가 무엇인지 알 수 없었고 머릿속에 그려볼 수도 없었다. 그랬기에 더 무서웠다. 심장이 입 밖으로 튀어나와 저 혼자 펄떡펄떡 뛰는 게 아닌가 할 정도로 박동했다. 나무는 끝도 없이 서 있었다. 갈수록 그 간격이 촘촘해져서 속도를 낼 수 없었다. 두 사람은 빽빽한 나무 사이를 지나 어느 정도 여유가 있는 지점에 다다라 동시에 멈춰 섰다. 그러고는 숨을 헐떡였다.

"뭘까? 여기 있는 게 뭘까?"

이선미가 울먹이며 물었다.

"나도 몰라! 무사히 도망칠 생각이나 해!"

민시현이 쏘아붙였을 때였다. 두 사람이 서 있는 지점 반대편에서 모모가 달려 나왔다. 안 그래도 허연 얼굴이 훨씬 더 창백해진 그는 민시현과 이선미와 마찬가지로 헐떡이기부터 했다.

"왜, 왜 두 사람이 같이 있어요?"

모모는 민시현을 향해 그것부터 물었다.

"도망치다가 만났을 뿐이에요. 다른 사람은요?"

민시현이 다시 묻자 모모는 고개를 저었다.

"바늘 님과 같이 움직였는데 중간에 헤어졌어요."

"이쪽이 나가는 방향이라 생각하고 온 거예요?"

"아니에요? 미치겠네! 계속 같은 자리만 도는 것 같아요."

모모가 비에 젖은 머리카락을 움켜쥐며 그렇게 외친 순간, 이선미가 민시현의 옆구리를 살짝 찔렀다.

"왜?"

민시현이 고개를 슬쩍 돌려 이선미를 보면서 물었다. 그러자 이선미가 잔뜩 긴장한 표정으로 속삭였다.

"그림자가 없어……."

"뭐?"

다시 물으려던 민시현은 뭔가를 퍼뜩 깨닫고는 모모를 돌아봤다. 물에 불은 듯 금방이라도 축 늘어질 것처럼 선 모모는 발 쪽이 희미했다. 어두워서 보이지 않는 게 아니었다. 얼굴에서 두둑하게 살이 오른 배를 지나 아래로 내려갈수록…… 형체가 제대로 잡혀 있지 않았다. 게다가 플래시 불빛을 정면으로 받으며 서 있는데도, 이선미의 말처럼 그림자는 찾아볼 수 없었다. 모모는 그 모습으로 계속 떠들었다.

"무슨 수를 써야 해요. 이대로 숲을 맴돌다간 죽을 게 뻔해요. 하다못해 비라도 피할 공간을 찾아야 하는데…… 그림자가 없다는 거 알았죠?"

훅 들어온 질문에 민시현은 움찔했다. 모모는 웃고 있었다. 가느다란 입술이 말려 올라가며 미소 비슷한 걸 만들어냈다. 그 순간 민시현은 하나를 더 확인했다. 모모의 목에 밧줄 자국이 선명하게 나 있었다. 울대에서부터 브이 자 형태로 올라가 붉은색 상처를 남긴 밧줄이 모모의 숨통을 끊은 게 틀림없었다.

언제?

그런 건 중요하지 않았다. 그 상처 자국이 또 하나의 미소처럼 보였지만, 그것 역시 중요한 게 아니었다.

민시현의 핸드폰 플래시부터 꺼졌다. 다음은 이선미였다.

"아!"

이선미는 놀라서 그런 소리를 내뱉었다. 완전한 암흑이 두 사람을 감쌌다. 그야말로 한 치 앞도 보이지 않았다. 눈이 먼 것만 같았다. 민시현은 주먹을 꽉 쥐었다. 모모 목소리가 들렸다.

"숲에 잘 왔어."

빗소리가 꽤 컸지만 모모가 한 말은 똑똑히 들렸다. 민시현은 알았다. 죽은 자가 말하는 건 소리로 전달되는 게 아니라 머릿속에 새겨진다는 걸. 다시 한번 소리가 날아들었다. 아니, 타이핑하듯 한 글자씩 뇌리에 박혔다.

숨. 세. 잘. 봤. 어.

뒤를 이어 웃음이 들렸다. 이번에는 소리였다. 그것도 민시현 바로 옆에서 귀에다 대고 웃는 소리.

"*호호호호호!*"

소름은 귓바퀴에서 시작했다가 삽시간에 온몸으로 퍼져 나갔다. 민시현은 반사적으로 주저앉았다. 빛이 날아든 건 그때였다. 맞은편에서 한 줄기 희끄무레한 빛이 다가왔다. 민시현은 자기도 모르게 고개를 들었다. 불빛의 뒤를 이어 휘파람 소리가 났다. 모모가 사라졌다. 민시현과 이선미의 핸드폰 플래시가 다시 켜졌다. 그제야 봤다. 두 사람 머리 위 저 높은 나뭇가지에 모모가 매달려 있는 것을. 축 늘어진 모모는 눈을 뜬 채로 아래를 보고 있었다. 거머리처럼 빠져나온 혀가 턱끝에서 대롱거렸다.

숨세 잘 봤어.

그 말이 다시 떠올랐다. 하지만 금세 사라졌다. 익숙한 목소리가 들려왔기 때문이었다.

"민 작가님!"

윤동욱과 옥도령을 보며, 민시현은 이 여행을 시작한 후로 처음 미소를 지었다.

3부

뿌리

CHAPTER 11 : 산 자들

숲 입구에서부터 십여 미터 간격으로 소지품을 놓아두자는 아이디어는 옥도령이 냈다. 그리고 그건 꽤 효과적이었다. 네 사람은 윤동욱과 옥도령의 물건을 하나씩 찾아가며 길을 되짚어갔다. 물론 그렇게만 한 건 아니었다. 옥도령이 천부경을 계속 중얼거렸다.

"천기기운 천부경 본성광명 천부경. 천기기운 천부경 본성광명 천부경……."

윤동욱은 제법 큰 랜턴을 들고 있었다. 거기서 뿜어져 나오는 빛의 세기가 상당했다. 덕분에 어두운 숲을 밝히는 것만이 아니고 마음속 어둠도 몰아낼 수 있었다. 민시현은 윤동욱에게 물었다.

"무꾸리는 이런 것도 가지고 다니는 거예요?"

"아뇨. 숲 근처 암자에 있기에 가져왔어요. 거긴 이걸 쓸 스님이 안 계시거든요."

"고마워요. 동욱 씨랑 연락이 닿아서 다행이에요."

"그러게나 말입니다. 여기 오기까지 많은 일이 있었는데 그건 숲을 벗어난 뒤에 이야기해 드릴게요."

"저도요. 할 이야기가 진짜 많아요."

네 사람이 숲을 빠져나가는 동안 비도 조금씩 그치기 시작했다. 윤동욱과 옥도령이 숲으로 들어올 땐 둘 다 맨몸이었고, 그랬기에 소지품도 그리 많지 않았다. 그나마 현무 선사가 준 무구가 있어서 다행이었다. 옥도령은 캠코더 말고는 더는 내놓을 게 없을 때쯤 민 작가님을 딱 만났다며, 이것 역시 운명이라고 너스레를 떨었다. 소중하게 품고 있는 작은 캠코더가 유독 눈에 띄었다.

"거의 다 왔어요."

윤동욱은 흰색 초 하나를 바닥에서 집어 들며 말했다. 다음은 칠성방울이었다. 그걸 흔드는 것만으로도 잡귀 정도는 쫓을 수 있었지만 반대로 여러 영가가 소리에 이끌려 모여들 수도 있었다. 귀문이 열린 곳에서 방울을 흔들지 말라는 건 그걸 염려해서였다. 그랬기에 숲 초입에 칠성방울을 놓아두고 왔다.

"별일 없이 나갈 수 있어……."

"잠깐!"

민시현이 윤동욱의 말을 빠르게 막았다.

"네?"

"그 말, 함부로 하면 안 돼요. 공포 영화에서 보면 그런 뒤에 꼭 무슨 일이 생기잖아요."

"아……."

윤동욱이 알겠다며 고개를 끄덕였을 때였다. 이미 정면으로 돌아선 민시현이 뭔가를 가리키며 소리를 높였다.

"저, 저기!"

거기에는 자그마한 체구의 여자가 쓰러져 있었다. 네 사람은 동시에 멈춰 섰다. 랜턴 불빛이 쓰러진 여자에게로 향했다.

"영가는 아닙니다."

윤동욱이 말했다.

"손각시 님?"

내내 말이 없던 이선미가 입을 열었다. 그 말 그대로였다. 쓰러진 이는 손각시였다. 민시현도 알아보고 얼른 달려갔다.

"손각시 님! 손각시 님!"

가느다랗게 숨은 쉬고 있었지만 손각시는 정신을 차리지 못했다.

"제가 업을게요."

그렇게 말하며 윤동욱이 등을 대고 앉았다. 민시현과 이선미는 손각시를 일으켜서 윤동욱 등에 기댔다. 윤동욱은 힘든 기색 하나 없이 단숨에 일어났다. 그러고는 민시현을 향해 랜턴을 내밀었다. 그걸 받아 든 민시현이 앞장섰다. 얼마나 더 걸었을까, 천부경을 외던 옥도령이 자기 선글라스를 주워들었다. 테가 흰색이라 어둠 속에서도 유독 눈에 띄었다.

"이게 마지막!"

옥도령은 그 말을 하며 후다닥 앞서 달려갔다. 민시현도 잰걸음으로 그 뒤를 따랐다. 다음 순간, 거짓말처럼 나무가 사라졌다. 시야가 탁 틔었다. 어둡고 비가 내리는 건 마찬가지였지만, 공기가 다르다는 걸 민시현은 대번에 느꼈다. 맑고 깨끗한 공기를 마시기 위해 핫껏 입을 벌렸다. 그러고는 자기도 모르게 안도의 한숨을 내쉬며 민시현이 중얼거렸다.

"진짜 나왔어……."

그 순간이었다.

"저기요!"

몇 미터 뒤에서 다급한 목소리가 들렸다. 민시현은 몸을 돌리며 뒤쪽을 비췄다. 빛의 테두리 안으로 바늘이 성큼 들어왔다. 그는 헐레벌떡 달려와 민시현처럼 긴 한숨을 토해냈다.

"괜찮으세요?"

민시현이 물었다.

"네. 불빛, 불빛이 보이기에 무작정 따라왔어요. 그거 아세요? 이 숲에 불빛이라곤 사이코 님이 든 그 랜턴이 유일해요. 제 핸드폰은 배터리가 다 됐거든요."

바늘은 숨을 헐떡이며 말했다. 민시현은 그게 무슨 뜻인지 알았다. 숲에 남은 사람 중 불빛이 필요한 이가 더는 없다는 말이었다. 그 사실에 섬뜩함을 느끼기도 전에 민시현은 다른 걸 알아챘다. 이선미가 없었다.

"선미? 선미가 없어요!"

민시현이 주위를 두리번거리며 외치자 바늘이 말했다.

"방금 뒤에 서 있던 사람 한 명이 저기 옆으로 달려가는 걸 봤어요."

바늘이 가리킨 쪽으로 민시현은 고개를 돌렸다. 그러면서 랜턴도 비춰봤지만 보이는 건 없었다. 확실히 숲을 벗어나는 길이기는 해도 이 밤에 비까지 내리는데 이선미가 무사할지는 장담할 수 없는 일이었다. 다만 그가 도망친 것도 이해가 됐다. 빨래 숲이라는 섬뜩한 환상의 공간에서 빠져나온 순간부터 현실의 공포가 시작된다. 귀신은 피했을지언정 경찰은 피하지 못할 운명이었다. 그걸 알았으니 도망칠 수밖에.

"우선 병원부터 가죠."

윤동욱이 말했다. 손각시는 여전히 의식 없는 채로 업혀 있었다.

"그럽시다. 두 분은 누군지 모르겠지만 아무튼 도와주셔서 감사합니다."

바늘은 그렇게 말하며 주머니에서 카니발 열쇠를 꺼냈다.

"와! 차 탈 수 있는 거네요?"

민시현의 목소리가 저절로 커졌다. 어제부터 오늘까지 본 그 어떤 것보다 반가웠다. 심지어 윤동욱과 옥도령을 만났을 때와 비슷한 느낌이었다. 카니발은 세워뒀던 그 자리에 그대로 서 있었다.

"차 탑시다. 그리고 최대한 빨리 여기서 멀어지죠."

바늘이 그 말과 함께 열쇠를 조작해 잠긴 문을 열었다. 삑삑 하는 그 경쾌한 소리가 그야말로 청량하게 울려 퍼졌고 카니발의 두 눈에 불이 들어왔다.

"난 다리 쭉 펴고 퍼질러 잘 거야! 에어컨 풀로 틀어주세요!"

옥도령의 목소리가 이제는 슬슬 비가 그쳐가는 밤하늘에 쩌렁쩌렁 울렸다. 그걸 들으며 피식 웃던 윤동욱은 뭔가를 깨달았다.

칠성방울이 없었다.

분명히 옥도령의 선글라스가 처음이었고, 거기서 숲으로 조금 더 들어간 지점에 칠성방울을 놓아두었는데…… 그걸 발견 못했다. 그래. 사라진 게 아니라 발견하지 못한 것이다. 윤동욱은 애써 그렇게 생각했다. 그리고 혼자만 알고 있겠노라 마음먹었다.

가장 가까운 종합병원에 도착했고, 경찰에 신고했다. 순서대로였다. 작은 문제가 응급실에서 발생하긴 했다. 응급처치 전 간호사가 환자의 이름을 물었는데 아무도 아는 사람이 없었다. 그렇다고 손각시라 말해줄 순 없는 노릇이었다. 결국 손각시는 이름 없이 진료받았다. 그사이, 그러니까 손각시를 의사에게 맡기고 경찰이 출동하길 기다리는 그 시간에 민시현과 윤동욱, 그리고 옥도령과 바늘은 대기 의자에 나란히 앉아 여러 이야기를 나눴다. 두 무꾸리가 정보를 전달하면 두 피해자가 숲에서 벌어졌던 사건을 들려주는 식이었다.

"이제 좀 이해가 되네요. 그러니까 숲에 관한 거요. 그곳에 시체 수십 구가 묻혔고, 그 탓에 흉지가 된 거잖아요."

민시현은 머릿속으로 하나의 이야기를 떠올리며 말했다.

군데군데 비어 있던 플롯이 채워지니 그럴싸한 작품이 만들어졌다. 물론 장르는 호러였다.

"문제는 지금껏 우리가 이야기한 걸 경찰이 이해하고 받아들이게 만드는 건데……."

옥도령의 말에 민시현 역시 공감했다. 이런 황당한 이야기를 절대 믿어주지 않는다는 사실은 이미 작년에 한 번 경험했다. 민시현은 뉴스에서 봤던 걸 떠올렸다. 우리나라 인구 중 80퍼센트 넘는 사람이 신년 운세나 신점을 보고 그중 절반 정도는 부적을 쓰거나 굿을 한 적도 있다는 통계였다. 무속신앙은 일상에 스며들어 있다. 오죽하면 교회에 다녀도 무당에게 점은 한 번씩 다 봤다는 우스갯소리가 있겠는가. 그럼에도 불가해한 일이 공식화되면 다들 약속이라도 한 듯 고개를 돌려버린다. 마치 그런 건 한 번도 믿어본 적 없다는 듯 터부시하는 것이다. 물론 사건을 조사할 때 가장 중요한 게 논리라는 걸 알고 이해하지만, 무속신앙의 논리에서 보면 귀신의 출몰 역시 이상한 것이 아님을 대부분은 인정하지 못했다. 아마 이번에도 그럴 거라고, 민시현은 생각했다.

"경찰을 이해시킬 방법은 없어요. 원한을 품은 영가가 사람을 죽였다는 말은 통하지 않을 거예요. 다만 그걸 떼놓고 보더라도 이 사건은 무척 충격적이에요. 우리가 아는 것만 해도 이미 여러 사람이 숲에서 죽었으니까. 그러니 수사가 진행될 거고, 이상한 의식을 하려던 그 일당의 사연도 밝혀지겠죠."

윤동욱이 말했다.

하지만 그런 일은 일어나지 않았다.

경찰은 민시현과 바늘의 증언을 듣긴 했다. 윤동욱과 옥도령은 거의 입을 닫고 있었다. 그저 민시현이 도움을 청해 숲으로 향했다는 이야기만 했다. 손각시가 실질적인 피해자가 된 셈이니 조사할 명분은 충분했다. 네 사람은 경찰서 근처에 숙소를 잡으면서까지 수사 결과를 기다렸다. 경찰은 바로 다음 날 아침부터 숲에 들어가 수색을 시작했고, 오후에 다시 두 사람을 불렀다. 윤동욱과 옥도령도 슬그머니 따라갔다. 담당 형사는 네 명이 전혀 예상하지 못했던 이야기를 했다.

"숲은 깨끗해요. 아무것도 없다고요. 시체도, 다친 사람도 하나 없었어요."

"네? 못 찾은 게 아니라……."

"에이, 어떻게 못 찾아요? 그 넓지도 않은 숲에 마흔 명 넘게 투입해서 싹 훑었는데. 목매단 시체는커녕 거긴 새소리 하나 안 들리던데요? 아! 두 분이 말한 텐트는 찾았네요. 근데 거, 아실 만한 분들이 숲에서 모닥불을 피우면 어떻게 합니까? 네?"

민시현이 다시 말하려는데 바늘이 말렸다. 그러고는 자기가 물었다.

"다쳐서 병원에 입원한 사람이 있잖아요. 그리고 저희 일행 중에 분명히 사라진 사람도 둘이나 되고요. 이건 어떻게 설명할 수 있습니까?"

"그 설명을 왜 내가 합니까? 두 분이 해야지. 아무튼 추가 조사를 하긴 할 거니까 부르면 와주세요. 그리고 거기 무당 두 분도 필요하면 연락하겠습니다. 일단은 이렇게 끝낼 테니 댁으로 돌아가세요, 얼른."

네 사람은 그저 고개를 끄덕일 수밖에 없었다. 그날은 숲에다가 남겨놓고 온 짐을 돌려받는 것으로 모든 과정이 끝났다. 거기엔 분명히 여러 사람의 물건이 있었지만…… 어떤 게 모모 것이고, 또 어떤 게 이선미 것인지 증명하긴 어려웠다. 그나마 스너프의 물건은 바늘이 분류해서 챙겼다. 또 한 가지 성과는 손각시의 지갑을 찾은 것이었다. 신분증을 확인한 바에 따르면 손각시의 본명은 손가영이었다. 그리고 보니 바늘의 본명도 알게 됐다. 그는 강선명이었다. 모모의 흔적은 하나뿐이었다. 바로 화려하고 유치한 무늬의 티셔츠였다. 입고 있던 것과 비슷해 알아보기 쉬웠다. 민시현과 강선명은 각자의 짐을 대충 나눠서 챙겼다. 모모의 티셔츠는 깔끔하게 접어서 윤동욱이 가졌다. 망자의 물건이니 자기가 법당으로 가 직접 태우는 게 좋겠다고 했다. 그러고는 네 명이 함께 경찰서 앞 카페로 향했다.

"어떻게 이런 일이 가능하죠?"

강선명은 주문한 음료가 나오기도 전에 윤동욱과 옥도령을 향해 물었다.

"불가능한 일을 숱하게 겪지 않았습니까? 그 숲에서."

윤동욱이 말했다. 그는 경찰서에서부터 골똘히 생각에 잠긴 눈치였다. 옥도령이 말을 거들었다.

"어쩌면 우리가 살아 나온 게 기적인 건지도 모르죠."

"하지만…… 거기엔 제사장 패거리 말고도 구경 온, 그 가면 쓴 놈들이 스무 명 가까이 있었어요! 그중 한 명은 야영지에서 바로 죽었고요. 나머지도 못 빠져나왔을 거예요. 그렇다는 건 죽거나 크게 다쳤다는 건데…… 그 많은 사람이 한 명도 없다고요? 흔적도 없다는 게 말이 됩니까?"

"바늘 님, 그러니까 선명 씨 말에서 핵심을 찾았어요."

민시현이 입을 열었다.

"핵심이라니 뭐죠?"

옥도령이 물었다.

"흔적도 없다는 거. 우린 가면 쓴 사람도, 제사장 일행도 그 정체를 몰라요. 결정적인 증거가 있지 않는 한 그들이 숲에 있었다는 사실을 증명해 낼 수 없죠. 그러니까 실종도 뭣도 아닌 거예요. 없는 사건. 존재하지 않는 사건이 된 거죠."

"그렇기에 경찰도 다시 움직이지 않을 겁니다."

민시현의 이야기를 받아 윤동욱이 말했다.

"잠깐만요! 그, 그럼 우리가 봤던 그 사람들은요? 모두 어떻게 된 거죠? 경찰이 더는 수사를 안 한다면 영영 찾을 수 없는 거잖아요!"

강선명은 도저히 이해하기 힘들다는 표정이었다. 그걸 본 옥도령이 혼잣말처럼 중얼거렸다.

"다시 수사해도 못 찾을 거예요. 숲이 삼켜버렸을 테니까."

"허……."

강선명이 내뱉은 탄식과도 같은 한 음절의 소리가 모두의 마음을 대변했다. 민시현이 강선명을 향해 물었다.

"그런데요, 선명 씨, 스너프 님과는 원래 아는 사이였어요? 숲에서 보니까 서로 합이 잘 맞던데."

"실은 군대 동기예요. 제가 선임이고 기우, 그러니까 스너프가 후임이고. 둘 다 오컬트에 관심이 많아서 군대에서 친해졌거든요. 전역 후에는 함께 관련 콘텐츠를 만들자고 의기투합했고, 그렇게 빨래 숲까지 가게 된 건데……."

내내 감정을 감추고 있던 강선명은 그 순간 더는 참지 못했다. 목소리가 떨리는 건 물론이고 끝내 말을 잇지 못했다.

"미안해요. 괜한 걸 물어서."

민시현이 진심을 담아 말한 그때였다. 딸랑 소리가 들리더니 카페 문을 열고 담당 형사가 들어왔다. 만사가 귀찮은 표정에 형사라 말하지 않으면 절대 모를 정도로 순하게 생긴 인상의 중년 남자는 모여 앉은 넷을 먼저 발견했다.

"어이고, 다들 여기 계시네."

형사는 넉살 좋게 웃으며 다가왔다. 뒤늦게 그를 본 민시현이 강선명 옆으로 붙어 앉아 자리를 마련해 줬다. 형사는 자연스레 그 자리에 앉았다.

"쉬는 시간이세요?"

옥도령이 묻자 형사는 무슨 그런 말을 하느냐는 듯 너털웃음을 터트리더니 말했다.

"퇴근도 안 했는데 어째 쉬어요? 그냥 커피 한 잔 마시러 나온 거지. 근데 아직 집에들 안 가셨네요?"

"네. 의논을 좀 하느라."

민시현이 말했다. 형사는 넷을 번갈아 보다가 툭 한마디를 던졌다.

"빨리 가세요."

"숲에 진짜 아무것도 없었습니까?"

강선명이 형사 쪽으로 거의 몸을 기울이다시피 해서 물었다.

"그 숲에 들어가는 사람이 꽤 돼요. 해마다 말이죠."

형사는 평온한 표정으로 뜬금없는 이야기를 했다. 그래도 넷은 귀를 기울였다. 어느덧 카페 안 손님은 다섯 명이 전부였다. 에어컨 돌아가는 소리만 조용히 들릴 뿐이었다.

"그냥 이상한 거 좀 보고 놀라서 도망쳐 나오는 사람도 있고요, 못 나오는 사람도 있고 그래요."

"네? 그게 무슨……."

강선명의 말을 막으며 형사가 다시 이야기했다.

"근데, 신고받아서 가보면요…… 없어요. 못 찾아, 못 찾아. 첨엔 나도 너무 이상했는데 이제는 그러려니 하거든요. 저 숲이 원래 그래요. 그러니까 안 들어가고, 관심도 안 기울이는 게 상책이죠. 무슨 말인지 알죠?"

형사는 그렇게 말하며 윤동욱과 옥도령을 지그시 쳐다봤다.

"알겠습니다."

윤동욱이 말했다.

"산 사람은 살아야 한다, 이 말이에요. 허허."

사람 좋아 보이는 미소를 지으며 형사가 말했다. 민시현은 숲에 머물렀던 그 어떤 순간보다도 형사의 말을 들을 때가 제일 오싹했다. 안다. 이 형사도 숲의 무서움을 잘 안다. 아마 지역 주민 대부분이 알지도 모른다. 그럼에도 숲은 여전히 존재한다. 음울한 기운을 내뿜으며. 앞으로 또 어떤 사람을 몇 명이나 잡아먹을지 알 수가 없다.

잡아먹는다.

숲이, 인간을 잡아먹는다.

그게 딱 맞는 표현이면서도 가장 끔찍한 말이었다. 민시현은 그 이미지를 떠올리고는 부르르 떨었다. 집으로 돌아가고 싶은 생각이 간절했다. 단 몇 분이라도 빨리 숲의 영향력에서 벗어나길 바랐다.

"테이크아웃으로 바꿀게요."

강선명이 슬그머니 일어나며 말했다. 아무도 반대하지 않았다. 민시현은 알아챘다. 모두 같은 마음이라는 사실을.

CHAPTER 12 : 죽은 자들

 민시현이 일상으로 돌아온 건 이틀 뒤였다. 전날 오후에 집으로 왔지만 종일 잠만 잤다. 씻지도 않고, 먹지도 않은 채로 거의 24시간을 자고 일어나니 기력이 어느 정도 돌아왔다. 어둑어둑한 새벽에 일어난 민시현은 그대로 냉장고 문을 열어 이것저것 꺼내 먹었다. 그런 뒤에는 조금 울었다. 간신히 붙들고 있던 마음의 빗장이 열리며 그 사이로 울음이 새어 나왔다.

 아침이 되었을 때는 몸도 마음도 많이 회복했다. 민시현은 출판사에 전화를 걸어 이선미 소식을 아는지 물어봤다. 목소리 큰 편집장은 화를 감추지 못한 채 말했다.

"작가님! 안 그래도 연락드리려고 했는데요, 이선미 편집자가 여름휴가 가서는 복귀도 안 하고 문자 한 통만 보내서는 퇴사하겠다는 거예요! 이게 상식적으로 말이 됩니까? 아니 연차가 낮은 것도 아니면서 태도가 아주 글러먹었어요."

민시현은 편집장의 푸념을 한동안 들어주다가 전화를 끊었다. 이선미는 살아 있다. 그걸 확인한 것만으로도 됐다 싶었다. 이선미가 다시 연락해 오는 일은 없겠지만, 비참하게 죽었다면 그건 그것대로 마음에 걸렸으리라.

잠에 중독되기라도 한 것처럼 낮잠까지 자고 일어난 민시현은 다시 컴퓨터 앞에 앉았다. 이번에 경험한 일을 기록으로 남겨야겠다는 생각을 문득 했기 때문이었다. 이왕이면 소설 형식으로 써야겠다고 마음먹고 작업을 시작했다. 자다 일어난 몽롱한 상태 그대로 썼는데도 막힘없이 꽤 잘 풀렸다. 웹소설 작가와 편집자가 여름휴가를 떠나는 장면에서 출발한 이야기는 계속 가지를 뻗어가 빨래 숲까지 단숨에 이르렀다. 거의 3시간 정도를 집중해서 쓴 민시현은 잠시 눈을 감고 쉬었다. 이야기가 머릿속에서 마구 떠올랐다. 물론 직접 경험한 일인 걸 모르게 소설 속 캐릭터는 가명을 쓰고 있다. 그럼에도 불과 이틀 전 온몸으로 겪었던 일을 옮겨쓰다 보니 그 어느 때보다 작업 속도가 빨랐다. 중요한 건 이번에는 웹소설이 아니라 그냥 소설 형식으로 쓴다는 데 있었다. 웹소설의 날렵함을 사랑하지만 언젠가 한 번은 장르 소설에도 도전해 보고 싶었는데 마침 기회가 온 것 같았다. 며칠 전의 공포가 지금은 고양감으로 바뀌었다. 민시현은 그 후에도 2시간 정도를 내리 작업에만 집중했다. 쓰는 걸 중단한 건 배가 고파왔기 때문이었다. 새벽에 폭식한 후로 아무것도 먹지 않았다. 민시현은 의자에서 일어나 셔츠 한 장을 덧입었다. 모자도 눌러썼다. 편의점에 갈 생각이었다.

민시현의 시골집 근처에는 편의점이 없었다. 구멍가게도 마찬가지였다. 걸어서 20분 정도는 가야 편의점 하나가 나왔다. 왕복 40분 거리지만, 이런 기회에 산책이라도 한다는 생각에 민시현은 기꺼이 걸어 다녔다.

맑디맑은 여름 오후였다. 매미가 악을 쓰며 울어댔다. 바람이 불면 나무들이 쏴아아 소리를 내며 흔들렸다. 길가에 핀 다양한 꽃과 그 사이를 날아다니는 나비며 잠자리도 보였다. 그야말로 평화로웠고, 지난 1년간 이미 익숙해진 그 풍경이 새삼 너무나 아름답고 소중하게 다가왔다. 어둡고 음침한 죽음의 숲이 있는가 하면 이렇게 눈부시게 빛나는 자연도 존재한다. 그 사실을 또 한 번 느끼며 민시현은 편의점으로 향했다. 거기서 삼각김밥이며 컵라면, 그리고 각종 과자를 골라서 계산한 민시현은 장바구니에 그것들을 넣고 다시 걸음을 옮겼다.

태양은 완전히 기세가 올라 이글이글 타올랐다. 숨이 턱 막힐 정도로 덥긴 했지만 이제야 뼛속 깊이 스며 있던 한기가 빠져나가는 것 같았다. 그래도 힘들긴 했다. 민시현은 마을 중앙에 자리한 아름드리 버드나무까지 가서 쉬기로 했다. 거기가 딱 중간 위치였고, 버드나무 아래로 작은 평상이 있었기 때문이다.

더운 탓인지 평소에는 서너 명씩 나와 평상에 앉아 있는 노인도 보이지 않았다. 민시현은 버드나무 그늘이 드리운 평상에 편하게 앉았다. 역시 매미 울음이 귀가 얼얼할 정도로 들렸지만 딱히 싫지는 않았다. 그늘 속은 시원했고, 버드나무 가지를 통과해 불어오는 바람은 상쾌했다. 민시현은 목덜미에 자작하게 맺힌 땀을 손수건으로 닦았다. 얼른 돌아가 소설을 이어 쓰고 싶은 마음과 여기서 빈둥거리며 오후를 보내고 싶은 마음이 동시에 들었다. 어쨌든 당분간은 더위를 식히며 앉아 있을 생각이었다. 사실 아까부터 윤동욱이 머릿속에 떠올라 전화라도 해볼까 하고 고민 중이기는 했다. 이틀 전에 막 헤어졌고, 사건은 아직 진행되고 있으니 전화할 이유도 충분했다. 소설에 들어갈 무속신앙 부분의 자문을 구한다면 윤동욱도 흔쾌히 받아주리라. 다만…… 이성적인 관심으로 비칠까 봐 그게 걱정이었다.

민시현이 얼마간 핸드폰을 들여다보며 망설이고 있을 때였다. 등 뒤에서 인기척이 느껴졌다. 누가 평상 반대편에 앉은 모양인 듯 삐걱 하는 소리가 났다. 민시현은 신경 쓰지 않았다. 시골 사람 역시 요즘은 타인에게 그리 관심을 두지 않는다. 민시현이 혼자 단독주택에 산다고 했을 때만 해도 마을 어른 몇 명이 걱정 어린 잔소리를 늘어놓았는데, 이후로는 오지랖을 부리지 않았다. 민시현도 오가며 어른들에게 깍듯하게 인사하는 정도였다. 깊은 이야기를 나누지도 않았고, 도움 받을 일도 아직까진 없었다. 지금도 마찬가지였다. 뒤에 앉은 어른이 먼저 말을 걸지 않는 이상 민시현 역시 관심을 보이지 않을 작정이었다. 하지만 몇 분 지나지 않아 뭔가가 잘못됐다는 사실을 깨달았다.

쌀쌀했다.

등에 닿는 공기가 차가웠다. 땀이 식는다고 이러지는 않을 것이다. 그러고 보니…… 매미가 울지 않았다. 언제부터였을까? 이토록 진한 적막이 내려앉은 것은.

죽은 사람이다.

민시현은 깨달았다. 지금 자기 등 뒤에 앉아 이토록 서늘한 기운을 내뿜는 건 분명 산 자가 아니었다. 확인해야 했다. 확인하고 싶었다. 다만 고개를 돌렸을 때 마주칠 그 무언가를 똑바로 볼 자신이 없었다. 여름 한낮의 평화와 아름다움을 이토록 철저하게 깨부수는 그 존재는 분명히 사악할 터였다. 민시현은 궁리 끝에 핸드폰을 꽉 쥐었다. 그러고는 카메라를 켜서 셀카 모드로 바꿨다. 천천히 어깨까지 들어 올렸다. 그리고 뒤를 확인하려 한 순간, 시커먼 피부에 혀를 기다랗게 빼문 남자가 민시현의 뒤통수 바로 옆에 자기 얼굴을 들이밀고 있었다.

"아!"

짧은 비명과 함께 튕기듯 일어났다. 평상에는 아무도 없었다. 바람이 불었다. 쏴아아, 하는 소리 뒤에 다른 게 끼어들었다.

끼익. 끼익. 끼익.

민시현은 반사적으로 위를 올려다봤다. 버드나무 가지 저 높은 곳에 누군가가 매달려 있었다. 매달려서, 끽끽 흔들리고 있었다. 그 누군가가 방금 자기와 함께 셀카를 찍을 뻔한 남자라는 데 민시현은 전 재산을 걸 수도 있었다. 그리고…… 남자는 숲에서 따라온 게 틀림없었다. 왜 아니겠는가. 산 자가 있다면 죽은 자가 있고, 그들은 늘 생명을 질투하니까.

전화가 걸려 온 건 마침 딱 그 순간이었다. 핸드폰을 확인했다. 윤동욱이었다. 민시현은 두 번 생각할 것도 없이 전화를 받았다.

"여보세요? 동욱 씨?"

다행히 이번에는 전화가 끊긴다거나 도중에 누가 끼어들지 않았다.

"민 작가님. 너무 놀라지 마세요. 아직 끝난 게 아니에요."

윤동욱은 평소와 같은 목소리였지만 말이 좀 빨랐다. 다급하다는 뜻이었다.

"왜요? 무슨 일이 있었어요?"

민시현도 가능한 한 차분하게 물었다.

"네. 아무래도 강선명 씨가 당한 것 같아요."

"바늘 님이? 어떻게요?"

"그건 저도 확실히 몰라요. 아직은. 옥도령과 강선명 씨 집에 가볼 생각이에요."

"저도 같이 가요!"

자연스레 그 말이 나왔다.

"알겠어요. 주소를 메시지로 보낼 테니 가능하면 오늘 저녁에 만나요."

"네. 그러죠. 저녁에 봐요."

거기까지 말하고는 전화를 끊었다. 곧 문자 메시지가 날아왔다. 윤동욱이 강선명의 집 주소를 어떻게 아는지 궁금했지만 어차피 나중에 듣게 될 것이다. 민시현은 집을 향해 서둘러

걸었다. 죽은 자가 따라오지 못할 만큼 빠르게.

 강선명은 마포구 연남동에 살았다. 민시현이 버스와 지하철을 두 번 갈아타고 도착했을 때는 이미 어둑어둑한 저녁이었다. 윤동욱과 옥도령이 반갑게 맞이했다. 둘 다 아직 피곤이 덜 풀린 얼굴이었고, 민시현은 자기도 그렇게 보일 거라는 걸 알았다.
 "자주 보니 좋네요."
 옥도령은 특유의 능글능글한 미소를 지으며 말했다.
 "저도요. 안심도 되고요. 아까 낮에 불청객이 방문했거든요."
 민시현은 그렇게 말하며 자기가 겪었던 이야기를 들려주었다. 처음에는 무표정하던 윤동욱의 얼굴이 점점 일그러졌다.
 "영가가 훤한 대낮에 나타난다는 건 보통 일이 아닙니다. 그건 뭐라고 할까, 작가님이 그 영가에게 영향을 미칠 만큼 여전히 어둠 속에 있다는 뜻이기도 합니다."
 "다른 말로 하자면 아직도 그 숲에 머물러 있는 거죠. 저도 그렇고, 여기 이 형님도 그렇고."
 옥도령의 말에 민시현이 물었다.
 "왜요? 두 분도 이상한 경험을 하셨어요?"
 "저는 아닌데, 이 친구가……."

윤동욱은 말끝을 흐리며 옥도령을 봤다. 옥도령은 별일 아니라는 투로 말을 시작했지만 표정은 딱딱하게 굳어 있었다.

"모처럼 라방을 했죠. 구독자들이 절 애타게 기다렸을 테니까. 근데 계속 방송 중인데도 구독자 모두 목소리도 안 들리고 얼굴도 안 보인다는 거예요. 캠코더에 문제가 있나 싶어서 봤는데…… 꺼져 있었어요. 말도 안 되는 이야기거든요. 찍히는 걸 확인하고 시작했고, 배터리도 충분했는데 저 혼자 꺼진 거예요. 그 정도면 그냥 해프닝으로 넘기겠지만, 캠코더에 제 얼굴 말고 다른 게 찍혀 있더라고요."

"죽은 사람이었죠?"

민시현이 묻자 옥도령은 고개를 끄덕였다.

"네. 낯선 여자가 법당 천장에 목을 매달고 죽어서는 흔들리고 있었죠. 영가였어요."

"빨래 숲의 사악한 영향력이 아직 사라지지 않았어요. 강선명 씨도 그래서……."

윤동욱이 간단하게 설명한 바에 따르면 오늘 오후에 강선명이 전화를 걸어 왔다. 연락처는 이미 카페에서 교환한 상황이었다. 강선명은 몹시 불안해하는 목소리로 이상한 게 보인다고 호소했고, 이후 전화가 끊어진 뒤 다시 받지 않았다.

"경찰은요?"

민시현은 그것부터 물었다.

"신고했고, 사실대로 설명할 순 없으니 강선명 씨가 극단적인 선택을 할지도 모른다는 식으로 둘러댔어요. 그런데 출동한 경찰 둘이 말하길 강선명 씨는 아무런 문제 없이 문도 열어줬고 대화도 나눴다고 해요. 그게 더 마음에 걸려요."

"음…… 확실히 이상하네요."

민시현은 그렇게 중얼거리며 낡은 빌라의 3층을 올려다봤다. 거기 301호가 강선명의 집이었다.

"올라가 보죠. 망설이지 말고."

옥도령이 말했다. 그제야 민시현은 눈치챘다. 그 말을 하는 옥도령도, 그리고 윤동욱도 조금은 망설이고 있다는 것을. 물론, 자기도 마찬가지였다.

301호 앞에 서서 초인종을 눌렀다. 반응이 없었다. 윤도령은 핸드폰으로 강선명에게 전화를 걸었다. 받지 않았다.

"비밀번호는 제가 알고 있어요. 강선명 씨가 주소 말해주면서 알려줬거든요."

윤동욱이 말했다.

"각오 단단히 하고 들어갑시다."

옥도령이 전에 없이 진지한 표정으로 말했다. 윤동욱이 비밀번호를 누른 다음 문을 열었다. 세 사람은 조심스레 안으로 들어갔다. 창문으로 가로등 불빛도 들어오지 않는지 집 전체가 어둑했다. 어둠에는 익숙해질 대로 익숙해졌지만, 그렇다고 두려움이 사그라드는 건 아니었다. 민시현은 너무나도 잘 알았다. 어둠 속에는 거기에 어울리는 사건이 도사리고 있다는 것을.

"강선명 씨."

윤동욱이 집주인의 이름을 불렀다. 대답은 돌아오지 않았다. 그것만이 아니었다. 불도 켜지지 않았다. 민시현은 딱히 놀라지 않는 스스로를 발견했다. 모든 일이 예상대로 흘러가고 있었다. 다만 이 어둠의 끝에 뭐가 있을지 몰라 그게 불안했다. 민시현은 옥도령과 함께 핸드폰 플래시를 켰다. 옥도령이 꺼내 든 건 그것만이 아니었다. 그는 부채를 들고 활짝 폈다. 북두칠성을 의인화한 칠성이 그려져 있는 칠성선이었다.

"형님, 느끼셨어?"

옥도령은 부채를 살랑살랑 흔들며 윤동욱에게 물었다. 윤동욱은 고개를 끄덕한 다음 몸을 살짝 떨었다. 그러고는 말했다.

"영가가 떠돌고 있어."

"이것이 저절로 움직이는 걸 보면 삿된 것 같은데."

옥도령이 말하는 이것은 아무래도 부채를 뜻하는 모양이라고, 민시현은 생각했다. 그는 두 무꾸리가 그런 대화를 나누는 사이 거실 전체를 훑어봤다. 평범한 구축 빌라였다. 거실 하나와 큰방, 그리고 작은방 하나로 이루어져 있었다. 컴퓨터와 작은 책장이 거실에 놓였다. 강선명의 직업은 몰라도 컴퓨터 작업은 거실에서 한다는 것쯤은 짐작할 수 있었다. 거실 벽을 따라 플래시를 비추던 민시현은 창문 옆쪽 모서리 부분에서 멈칫했다.

"저기 보세요."

민시현이 모서리를 가리키며 말하자 윤동욱과 옥도령도 돌아섰다. 거기엔 곰팡이인지 벽지에 일부러 칠한 건지 모를 기묘한 형태의 자국이 나 있었다. 일단 까맸다. 수많은 점이 돋아나 하나의 형태를 이룬 듯 보였다. 까맣게 모서리에 자리한 그 자국은 위로 쭉 이어졌다. 민시현은 그걸 따라 플래시를 올렸다. 그 자국은 벽과 천장이 만나는 자리까지 퍼져 나간 채로 또 다른 형상을 만들어내고 있었다. 그것은······.

"나무야."

옥도령이 중얼거렸다. 민시현도 같은 생각이었다. 그 자국은 꼭 나무 모양이었다. 가지에 해당하는 부분이 천장으로 뻗어나가 위쪽 절반 정도를 차지하고 있었다.

"저런 것도 있어."

이번에는 윤동욱이 말했다. 그는 현관문을 보고 있었다. 민시현이 고개를 돌리니 문 안쪽에 붙은 여러 장의 부적이 눈에 들어왔다. 민시현은 무슨 부적인지 알아볼 수 없었지만 옥도령은 보자마자 혀부터 찼다.

"쯧쯧. 그냥 우리한테 써달라고 하지, 이런 가짜 싸구려 부적을 붙여놓으면 어째?"

"가짜예요?"

민시현이 물었다.

"네. 급하니까 인터넷에서 파는 거 아무거나 산 것 같은데…… 이런 건 안 붙여놓으니만 못해요. 오히려 잡귀가 달려든다니까!"

"쉿!"

윤동욱이 손을 들어 조용히 하라는 신호를 보냈다. 순간 긴장감이 흘렀다. 옥도령도 뒤늦게 뭔가를 깨달은 듯 눈빛이 변했다. 그보다 먼저 부채가 반응했다. 화려한 색상의 칠성선은 공작 날개처럼 펄럭였다. 옥도령 말대로라면 부채가 격하게 움직인다는 건 안 좋은 신호였다.

"무슨 일이에요?"

민시현이 조용히 물었다. 윤동욱은 대답하는 대신 화장실을 가리켰다. 그곳엔 더 진한 어둠이 진을 친 상태였다. 셋은 화장실 쪽으로 다가갔다. 칠성선은 이제 혼자서 날아오를 것 같았다. 옥도령이 마른침을 삼켰다. 민시현의 핸드폰 플래시가 조금 더 밝았고, 그랬기에 문 열린 화장실의 어둠으로 먼저 달려들었다. 사람이 보였다. 아니었다. 죽은 자였다. 희멀건 낯빛과 부릅뜬 눈만으로도 충분히 알 수 있었다. 문제는 한둘이 아니라는 데 있었다. 화장실 가득 원귀가 들어차서 섬뜩한 한기를 내뿜는 중이었다. 그리고 그 원귀들은 하나같이 허공에 조금 떠 있었다. 목이라도 매달린 것처럼.

"이대로 나가요. 못 본 척하고."

윤동욱이 말했다.

"강선명 씨는요?"

민시현이 속삭이듯 물었다.

"없어요. 적어도 여기에서 산 사람은 우리뿐이에요."

민시현은 힐끔힐끔 살피면서 뒷걸음질 쳤다. 그대로 돌아섰다가는 저 귀신 중 누군가가 어깨를 낚아챌 것만 같았기 때문에. 그 순간이었다. 뭔가를 잘못 밟으면서 민시현은 균형을 잃고 주저앉고 말았다. 넘어지지 않으려고 본능적으로 손을 뻗어 바닥을 짚었는데 엉뚱한 게 손에 닿았다. 강선명이 숲에서 들고 다니던 카메라였다. 적외선 기능이 있는 바로 그 카메라. 그걸 깨닫는 것과 동시에 민시현의 눈앞이 갑자기 확 밝아졌다가 다시 어두워졌다. 사이코메트리에 빠질 때 찾아오는 그 느낌이 민시현을 엄습했다.

사방이 컴컴하다. 집 안이다. 적외선 카메라로 어둠에 휩싸인 집을 비추고 있다. 안방에서 거실로, 거실에서 화장실로, 카메라의 방향은 계속 바뀐다. 그걸 들고 움직이는 이는 거칠고 불안정한 숨을 내뱉는다.

누구야? 나와!

그렇게 외치지만 집은 조용하다. 누구도 대답하지 않는다. 다시 한번 소리를 높인다.

내가 봤어! 거기 숨어 있는 거 다 안다고.

바로 그 순간이다. 거실 구석, 거뭇한 흔적이 나무처럼 자리 잡은 거기서 누군가가 달려 나온다. 카메라가 돌아가지만 이미 코앞까지 온 상태다. 카메라 앵글 밖에서 그 사람이 무언가를 휘두른다. 둔중한 물건이 바람 가르는 소리가 들린다. 뒤이어 퍽 하는 타격음과 함께 카메라가 바닥에 떨어진다.

"아!"

민시현은 카메라 주인, 즉 강선명의 통증을 고스란히 느끼며 정신을 차렸다. 고개를 들어보니 윤동욱과 옥도령이 놀란 표정으로 내려다보고 있었다. 민시현은 눈짓으로 바깥을 가리켰다. 그러고는 조용히 일어나 현관으로 향했다.

"괜찮아요?"

강선명의 집에서 나오자마자 윤동욱이 물었다.

"네. 방금 사이코메트리를 통해 알게 된 건데, 강선명 씨가 사라진 건 귀신과는 관련 없는 것 같아요."

"그러면요?"

그렇게 묻는 옥도령과 유심히 바라보는 윤동욱을 향해 민시현은 자기가 봤던 걸 이야기했다.

"뭔가를 휘둘렀다면 사람이겠군요. 영가가 그럴 리는 없을 테니까."

윤동욱의 말을 들으며 민시현은 생각을 정리했다.

"아마 동욱 씨에게 도움을 청한 직후에 벌어진 일 같아요. 나무처럼 자란 이상한 자국을 봐서 알겠지만 선명 씨에게도 숲의 기운이 따라오긴 했어요. 화장실에도 득실거렸잖아요. 그래서 동욱 씨를 찾은 걸 테고. 그런데 정작 위협이 된 건 사람이었고, 아마 공격한 후에 어딘가로 끌려갔다고 보는 게 맞을 것 같아요."

"그러면 경찰이 봤다는 그 강선명 씨는요?"

옥도령이 물었다.

"그 남자가 공격한 사람이겠죠. 태연하게 강선명 씨 행세를 한 거고."

민시현이 말하자 옥도령이 혀를 찼다.

"쯧쯧. 역시 영가보다 사람이 더 무서워."

"누가, 왜 강선명 씨를 공격했고 어디로 데려갔는가가 문제네요. 이건 우리 힘으론 해결할 수 없어요. 다시 경찰에게 신고하는 수밖에."

윤동욱의 말을 들으며 민시현이 이야기했다.

"일단 전 집으로 갈게요. 늦어지면 버스가 끊겨서요. 번거롭더라도 경찰에 신고하는 건 두 분께 부탁 좀 드릴게요."

민시현의 이야기가 끝나기 무섭게 윤동욱이 말했다.

"제가 태워드리겠습니다."

"아! 힘드실 텐데 굳이 그러지 않으셔도 돼요."

일단 사양했다. 집까지 태워주고 돌아간다면 너무 늦은 밤이 된다. 그런 폐는 끼치고 싶지 않았다.

"괜찮습니다. 간 김에 작가님을 위해서 액막이도 하면 한결 마음이 놓일 것 같아서요."

윤동욱이 그렇게까지 이야기하는데 거절할 수는 없었다. 게다가 액막이에 마음이 끌리기도 했다. 강선명이 공격당하고 사라진 게 숲의 일과 연관된 건지는 모르지만 컴컴한 집에 혼자 들어가며 느낄 긴장과 걱정을 덜 수 있다는 것도 다행스러운 일이었다.

"고마워요. 그러면 부탁 좀 드릴게요."

"경찰에 신고하는 건 내가 할 테니 걱정하지 마셔. 그런 뒤에 법당에 가서 모처럼 진지하게 점사를 봐야겠어. 내가 점사 결과 나오면 연락할 테니 기다리고 있고."

기다렸다는 듯 옥도령도 말했다.

"모두 조심하자고."

윤동욱의 말에 민시현과 옥도령은 함께 고개를 끄덕였다.

밤은 깊었고 몸은 천근만근이었지만 잠이 쏟아지지는 않았다. 집에 가까워질수록 오히려 정신은 점점 말짱해졌다. 숲이라는 공간을 벗어났는데도 그 끔찍한 환상의 그림자가 계속 드리운다. 따라서 현실과는 달리 여전히 숲에 갇힌 느낌이었다. 작년 수귀 때는 달랐다. 수귀는 민시현을 비롯해 윤동욱과 옥도령이 그 뒤를 쫓는 느낌이었다면 이번에는 반대로 정체불명의 존재에게 쫓기고 있었다. 그 사실이 무엇보다 찜찜했다. 민시현은 정면을 본 채로 윤동욱에게 물었다.

"숲에서 탈출했는데 왜 이런 일이 벌어지는 걸까요?"

그냥 탈출한 것만이 아니었다. 민시현은 윤동욱이 시키는 대로 소금으로 입을 헹구고 그때 입었던 옷 역시 다 태워버렸다. 그건 강선명도 마찬가지였으리라. 즉, 부정한 것이 들러붙지 못하게 비방을 썼는데도 이런 일이 벌어진 것이다. 심지어 옥도령에게까지 나타났다니…….

"지금으로선 숲의 삿된 기운이 묻어 왔다고 할 수밖에 없어요. 다만……."

윤동욱은 신중한 투로 단어를 골라가며 말을 이었다.

"그렇다고만 하기에는 그 기운이 너무 강한 게 마음에 걸립니다. 작가님을 찾아간 존재도, 그리고 방금 그 집에서 본 것들도 모두 숲을 벗어나지 못하고 죽은 이들이 영가로 변한 거였어요. 거기에 정체불명의 남자까지."

"맞아요. 숲만으로도 골치 아픈데 선명 씨를 공격한 사람 정체를 모르니 그것도 마음에 걸려요."

"사건이 아직 안 끝난 듯합니다. 하긴, 그 숲이 그대로 있는 한 영원히 끝날 순 없겠죠……."

윤동욱이 생각에 잠긴 표정으로 말끝을 흐렸다. 두 사람이 그런 대화를 나누는 사이에 어느새 민시현이 사는 마을로 들어섰다.

"저기예요."

민시현은 자그마한 단독주택을 가리켰다.

"동네가 좋네요."

윤동욱은 민시현의 집 앞에 주차하며 말했다. 밤이라 풀벌레 소리가 가득했다. 날씨도 맑아 달빛이 넉넉하게 비쳤다.

"그 숲과는 다르죠?"

민시현의 물음에 윤동욱은 슬쩍 웃었다.

"거기에 비하면 여긴 천국이네요."

차에서 내린 두 사람은 민시현의 집으로 들어갔다. 윤동욱은 진지한 표정으로 집 안 구석구석을 살폈다. 그러다가 작은 방 창문 앞에 멈춰 서서 한참 인상을 썼다.

"왜요? 거기 뭐가 있어요?"

"창문 방향이 마음에 걸려서요. 이것만 북쪽으로 향하고 있는데 아시다시피 북향은 영가가 드나들기 딱 좋거든요. 여기에 부적을 붙여놓아야겠어요."

윤동욱은 그렇게 말하며 주머니에서 봉투를 꺼냈다. 부적은 그 안에 들어 있었다. 민시현은 윤동욱이 창문 위에 팔(八)자 모양으로 부적 두 장을 붙이는 걸 보며 입을 열었다.

"동욱 씨. 혹시 그런 생각 안 해보셨어요?"

"어떤 생각이요?"

"운명이 있는 것 같다는 생각. 전 운명론자는 아니거든요. 그런데 작년 그 사건과 올해 사건을 겪으면서 알 수 없는 힘이 작용해 저를 끌어들였다고 생각하게 됐어요. 물론 동욱 씨와 옥도령 님도요. 보통 사람은 이런 일을 겪지 않잖아요. 물론 제가 평범한 사람이 아니란 건 알아요. 사이코메트리 능력이 있으니까. 그렇더라도 영적인 사건과 이렇게 밀접한 관계를 맺게 되는 데는 분명 이유가 있으리라고 생각해요. 그게 뭘까요? 어떤 힘이 저를, 그리고 동욱 씨와 옥도령 님을 그런 쪽으로 이끄는 걸까요?"

민시현은 평소와 다르게 많은 말을 했고, 자기가 그렇다는 걸 느끼면서도 멈추지 않았다. 어느새 부적을 다 붙인 윤동욱이 부드러운 눈빛으로 민시현을 바라봤.

"인연법이라는 말이 있습니다. 불가에서도 쓰고 명리학에서도 쓰는 말이죠. 둘이 의미하는 바는 조금 차이가 있지만 결국은 같은 뿌리에서 나옵니다. 사람의 만남에는 인(因)과 연(緣)이 있다는 것이죠. 주된 원인인 인과 보조적 원인인 연이 있어야 결과가 나옵니다. 즉, 원인이 있어야 결과가 나온다는 건데 작가님과 우리가 함께 만들어낸 이 결과도 인연법으로 보자면 분명 원인, 즉 이유가 있어서일 겁니다. 그 이유가 무엇인지는 아직 저도 잘 모르겠습니다. 다만 우리 셋이 이렇게 엮였다는 건 해결해야 할 일이 있다는 뜻일 테고, 거기에 대처하는 자세가 제일 중요하다고 생각합니다."

윤동욱 역시 전에 없이 길게 이야기했다. 민시현은 알 것도 같고, 모를 것도 같았다. 끊어질 듯 끊어지지 않은 세 사람의 인연에는 반드시 그 이유가 있다는 의미인데…… 그것이 끔찍한 사건과 자꾸 연결되니 아쉬운 마음이 컸다.

"그래요. 저 역시 어떻게 대처하는가가 중요하다고 생각해요. 그 외에는 솔직히 잘 모르겠어요."

민시현은 사실대로 말했다.

"현관문을 살펴보겠습니다."

"네. 고마워요."

윤동욱은 민시현을 지나 현관으로 향했다. 그 순간이었다. 집 안의 조명이 모조리 꺼졌다. 정전인가? 민시현은 그렇게 짐작하며 핸드폰을 들었다. 플래시를 켤 생각이었다. 그때 핸드폰이 진동했다. 민시현은 움찔 놀라며 액정을 확인했다.

이선미.

분명 그 이름이 떠 있었다.

"누굽니까?"

그렇게 묻는 윤동욱을 향해 민시현은 핸드폰을 들어서 보여줬다. 이선미가 왜 갑자기 전화한 걸까? 뭔가 목적이 있는 걸까, 아니면…….

"받아야겠어요."

민시현이 말했다. 궁금증을 해결하려면 그 수밖에 없었다. 윤동욱은 고개를 끄덕였다.

"그러세요. 지금 삿된 기운이 느껴지는데 그것과 관련이 있을지도 모릅니다."

민시현은 숨을 한 번 고른 후 전화를 받았다.

통화 ④ : 이선미

통화 시작

- 여보세요?
- (잡음) 나야. 선미.
- 너 어디야? 왜 전화했어?
- 나 좀 도와줘. (잡음) 제발!
- 잘 안 들려. 뭐라고?
- 도와달라고! (웃음) (잡음) 네 도움이 꼭 필요해.
- 도움? 진심으로 하는 말이야? 내가 널 도와줄 것 같아?

- 그럴 거야. (잠음) …… 있거든.

- 뭐? 다시 말해봐.

- 숲에 있다고. 빨래 숲. (웃음) (비명)

- 거긴 왜 다시 간 거야? 미쳤어?

- (잠음) 어쩔 수 없었어. 제사장이 찾아와 협박했거든. (웃음)

- 그 인간은 멀쩡해?

- 응. (잠음) 아니. (웃음) …… 변했어.

- 뭐라고?

- 더 이상하게 변했다고. 흐흐.

- 난 안 가! 그냥 신고할 거야.

- (웃음) 못할걸.

- 그게 무슨 뜻이야?

- (잠음) …… 여기로 오고 있어.

- 누가? 제사장?

- 아니. 바늘 님. (웃음)

- 설마, 납치한 거야? 바늘 님을?

- (비명) 또 있어.

- 또…….

- 옥광민 씨. 옥도령이라 부르지, 너희는? (웃음)

- 옥도령까지 납치했다고? 미쳤어?

- (잡음) 그러니까 신고하면 이 사람들 목숨은 없어. 너희가 오지 않아도 (잡음) …… 그럴 거고.

- 도대체 왜…….

- 의식을 완성해야지. 흐흐.

- 도대체 왜 그 의식에 목을 매는 거야?

- (잡음) (잡음) (잡음) (잡음) (잡음) (잡음) (잡음) (잡음) (잡음)

- 안 들려! 천천히 다시 말해봐!

- …… 되고 싶었거든.

- 뭐?

- 중요한 사람이 …… 되고 싶어. 흐흐흐.

- 두 사람 상태는?

- 몰라. 오는 중인데 아마 안 좋을 거야. 너희도 늦지 않게 당장 와. 우리가 텐트 쳤던 곳으로. (비명)

- 잠깐 기다려 …… 너희라니, 나랑 또 누굴 말하는 거야?

- 알갔사. 흐흐흐. 그 젊은 무당. (잡음) (웃음) (비명) 딱 맛사.

- 뭐라고? 다시 말해!

- 여기 숲이야. 숲이 우릴 불러 …… 자꾸만.

통화 종료

CHAPTER 13 : 부름

　옥도령은 전화를 받지 않았다. 메시지에도 답이 없는 걸 보며 윤동욱과 민시현은 확신했다. 이선미의 말이 사실이라는 걸.
　"가요."
　민시현이 말했다. 윤동욱은 고개를 끄덕했고, 그 길로 두 사람은 집에서 나와 다시 차에 올랐다.
　"우선 법당에 들러 무구 좀 챙기죠. 상대하는 건 사람이지만 그래도 그 숲에 다시 들어가는 거니."
　"알겠어요."
　반대할 이유가 없었다. 민시현이 생각하기에 이선미 역시 지금은 악귀나 다름없었으니까. 그런 이선미를 조종하는 제사장 역시 정상적인 인간이라 생각하기 힘들었다. 게다가 그 숲에서 살아 나왔지 않는가.

윤동욱은 법당에 도착하자마자 차에서 내려 빌라를 향해 달려 올라갔다. 민시현은 차에서 기다렸다. 그사이에 이선미에게 전화해 봤지만 받지 않았다. 일부러 안 받는 건지 받을 수 없는 건지 알지 못해 더 답답했다. 웹소설 편집자라는 자기 일에 자부심을 품고 누구보다 열심히 일하던 평범한 사람, 그게 바로 이선미였다. 그저 오컬트를 좋아하고 그걸 즐기는 정도이지 지금처럼 미쳐 날뛸 거라고는 짐작도 하지 못했다. 숲에서부터 계속 품어왔던 의문이 다시 고개를 들었다.

이선미는 왜 갑자기 변한 걸까?

어느 순간부터 폭주하게 된 걸까?

정말 제사장에게 속아서 이용당하는 걸까?

"많이 기다렸죠? 갑시다."

민시현이 그런 의문에 고민하는 사이 윤동욱이 돌아왔다. 그는 무구가 든 백팩을 뒷좌석에 놓은 뒤 운전대를 잡았다. 조수석에 앉은 민시현은 자기 백팩을 가만히 끌어안았다. 딱히 챙겨 올 건 없었지만 그래도 숲에서 든든하게 앞을 밝혀줬던 그 랜턴은 넣어 왔다.

"운전 조심하세요."

민시현이 말했다.

"네."

윤동욱은 짧게 대답한 후 운전을 시작했다. 오랜 시간 운전해서 피곤하지 않을까, 민시현은 그게 걱정이었다. 다행히 전방을 주시하는 윤동욱의 눈빛은 창창했다.

2시간 후, 윤동욱의 자동차는 조용한 국도를 달리고 있었다. 한밤이라 마주 오는 차도, 뒤따라오는 차도 없었다. 전조등 불빛이 가로등 없는 칠흑처럼 어두운 밤길을 간신히 밝혔다. 흰색 중앙선이 휙휙 지나갔다. 그걸 보고 있던 민시현이 가만히 입을 열었다.

"제사장과 선미의 진짜 목적은 뭘까요? 아까 출발할 때부터 지금껏 내내 생각했는데 답을 찾을 수 없어요. 정말 악마인지 바엘인지를 불러낼 수 있다고 쳐요, 그렇다고 해서 두 사람한테 득이 되는 건 하나도 없잖아요. 안 그래요?"

"저는 두 사람이 맹신의 늪에 빠진 게 아닌가 생각합니다."

윤동욱 역시 가라앉은 목소리로 말했다.

"맹신의 늪?"

"아시는 대로, 맹신이라는 건 앞뒤 가리지 않고 옳고 그름도 판단하지 못한 채 무조건 믿는 걸 말하죠. 흔히 사이비 종교에 빠지는 사람을 두고 맹신한다고 하는데, 기성 종교는 물론이고 저희 무속 쪽에도 맹신은 아주 중요한 요소이긴 합니다. 의심 없이 믿는 자가 많아야 비즈니스적으로는 성공하는 거니까요."

민시현은 윤동욱이 무슨 말을 하는지 알 것 같았다.

"하긴 꼭 사이비가 아니라 하더라도 하나의 사상에 너무 빠지면 거기에 모든 걸 쏟아붓는 게 인간의 특성이죠. 그건 정치에도 해당하는 것 같아요. 한쪽을 지지하면 반대쪽 의견은 들을 생각도 안 하니까요. 그리고 그렇게 맹신하는 사람이 많을수록 돈이 된다는 논리도 이해하겠네요."

"네. 범위를 좀 더 넓히자면 유사 과학이나 의학에도 해당하죠. 부끄러운 얘기지만, 무꾸리 중에도 교묘하게 가스라이팅을 일삼아 손님을 맹신의 늪에 빠뜨리는 이들도 있습니다. 부적 한 장에 몇백씩 쓰게 만드는 거죠. 사기꾼이 사기 치는 수법과 비슷해요. 그런데 그거 아세요? 의외로 사람은 쉽게 뭔가를 믿고, 한번 믿으면 다른 가능성은 철저히 배제하죠. 그걸 맹신의 늪이라고 합니다."

"그 말을 들으니 유튜브에서 봤던 휴거 소동이 생각나네요."

민시현의 말에 윤동욱이 바로 대답했다.

"아! 그 사건, 저도 압니다. 1992년이었나, 한 목사가 10월에 휴거가 일어날 거라고 거짓으로 선동했는데 많은 사람이 그 말을 믿었죠."

"맞아요. 들으면 실소가 나올 정도로 너무나 뻔한 거짓말, 그야말로 판타지 소설에나 나올 이야긴데도 기꺼이 믿었던 사람이 있죠. 그러고 보니 선미도 바로 그렇게 된 것 같아요. 동욱 씨 표현대로 맹신의 늪에 빠져 제대로 된 판단을 못 하는 거죠."

"작가님 친구도 처음엔 가볍게 접근했을 겁니다. 그러다가 점점 빠져들었을 테고, 나중에는 어떤 게 진실인지 알 수 없는 상태가 되었겠죠. 아니, 어떤 게 진실인지 관심 없는 상태라는 게 더 알맞은 표현이겠네요."

윤동욱과 대화하는 동안 민시현의 머릿속에도 어떤 그림이 펼쳐졌다. 이선미는 자기 확신이 강한 사람이다. 그런 성격 덕에 웹소설계에서는 승승장구했지만, 작가들 사이에서는 좋게 말해 원더우먼이요, 나쁘게 말하면 고집불통으로 통했다. 자기 말만 맞다고 주장한다며 볼멘소리를 해 결국 담당을 바꾼 작가도 있다며 이선미 스스로 태연하게 말해준 적도 있었다. 그 순간에도 이선미는 자기는 아무런 잘못이 없다는 듯 이야기했다. 그런 성격의 사람이 뭔가를 믿는다? 계기가 어떻게 되었든 자신이 아닌 다른 무언가를 믿는다는 건 거기에도 강력한 확신을 품고 있다는 뜻이리라. 시간이 지날수록 그 확신은 점점 더 구체화되고, 그걸 뒷받침할 만한 근거를 스스로 만들어나간다. 처음에는 그게 문신이었을 수도 있다. 리바이어던 십자가 문신. 그리고 지금에 이르러서는 산 사람을 제물로 바치면 악마를 소환할 수 있다고 믿는 데까지 왔다. 해야 하는 일이 거창하고 황당무계할수록 그걸 포장하기 위해 더 정밀한 핑계를 댈 것이다. 맹신이었다. 그야말로, 헛되고 그릇된 믿음. 그럼에도 결코 벗어나지 못하는 늪.

이 대목에서 민시현은 한 가지 의문을 더 품었다.

혹시 숲이 맹신을 부추긴 건 아닐까?

그 질문에 대한 답은 쉽게 내릴 수 없었다.

그로부터 1시간 이상을 더 달려 자동차는 인제군 푯말 밑을 통과했다. 한 번도 쉬지 않고 달린 데다가 막히는 구간도 없어서 내비게이션이 예상한 것보다 더 빠르게 도착했다. 윤동욱의 과속도 한몫했다. 그는 단속 카메라 앞에서만 조심했을 뿐, 다른 구간에서는 가속 페달을 계속 밟았다.

"조금 있으면 도착이네요."

민시현이 말했다. 국도에서 조금만 더 가면 바로 그 야산이 나왔다. 한때 군부대가 있었던 곳, 죄 없는 사람이 시신이 되어 묻혔던 곳, 그리고 지금은 저주받은 숲이 형성된 곳…….

"계획을 세워야 할 것 같습니다."

묵묵히 운전하던 윤동욱이 입을 열었다. 민시현도 찬성이었다. 무턱대고 갔다가는 놈들의 뜻대로 될 뿐이었다.

"맞아요. 선미와 제사장을 속여야 해요. 계획을 세워서."

민시현의 말에 윤동욱은 다른 이야기를 했다.

"속여야 할 건 두 사람만이 아닙니다."

"그럼요?"

"숲도 속여야 합니다. 가능하다면."

"숲을 속인다는 게 무슨 말이죠?"

민시현의 머릿속에 또 다른 궁금증이 피어올랐다. 윤동욱은 야산 쪽으로 좌회전을 하며 말했다. 곧 빈 암자가 나올 터였다.

"자, 지금부터 제가 하는 말은 황당할 거예요. 우리가 겪은 일 자체가 황당하긴 하지만, 어쨌든. 전 작가님이 친구와 통화 중에 했던 말이 계속 마음에 걸렸어요. 숲이 부른다고 했죠. 그 말에는 숲이 의지와 생각을 지닌 존재라는 의미가 깔려 있습니다. 적어도 저는 그렇게 느꼈어요. 그런데 저와 통화한 스님도 비슷한 이야기를 했습니다. 숲 자체가 생령이 되었다고. 그런 거라면, 저 숲이 하나의 거대한 존재, 그러니까 생각도 하고 욕망도 품는 그런 괴이한 존재가 되었다고 짐작해 볼 수도 있진 않을까요?"

"그러면 빨래 숲이 어떤 의도를 가지고 제사장 일행은 물론이고 우리를 부르는 거다, 이 말이죠?"

찬찬히 생각하며 민시현이 다시 물었다. 윤동욱은 굳은 표정으로 말했다.

"네. 거기서 한 발 더 나가서⋯⋯ 바로 오늘을 위해 우릴 일부러 놓아준 것 같기도 해요. 경찰서에서 나왔던 날, 계속 마음에 걸렸던 게 바로 그거였습니다. 모든 게 너무 쉽게 풀렸으니까요."

이번에도 민시현의 머릿속에는 그림이 그려졌다. 어둡디어두운 저 빨래 숲은 억울하게 죽임을 당한 이들이 묻힌 땅 밑에서 뿌리끼리 얽혀 같이 숨 쉬고, 같이 생각하며, 같이 분노하며 그야말로 살아 있는 넋이 되었다. 죽은 이들을 대신하는 넋, 즉 생령 말이다.

"음⋯⋯ 있을 법한 이야기네요. 빨래 숲이 하나의 개체이고 외식을 가지고 있다면 인간을 부르거나 홀리는 것도 가능하겠죠. 그런데 의도는 모르겠어요. 숲이 이런 일을 하는 이유가 있을 텐데 그게 대체 뭘까요?"

"거기까진 저도 잘 모르겠습니다. 다만 숲이 모든 걸 계획했다는 건 어렴풋이 알 것 같습니다. 처음에는 저와 옥도령이 접근하는 걸 숲이 막았죠. 그 사건은 이야기해 드렸죠. 하지만 오늘은 아무 일도 일어나지 않았습니다. 결국 숲은 우리가 도착하길 기다리는 겁니다."

"그래서 숲을 속여야 한다고 한 거네요. 알겠어요. 그런데 어떻게 속이죠?"

"제가 준비한 게 있긴 한데……."

윤동욱은 말끝을 흐렸다. 뭔가 마음에 걸리는 게 있는 모양이라고 민시현은 짐작했다.

"뭔데요? 우리 사이에 이런 건 편하게 말해야죠."

"그러면 저기 암자에 차를 잠깐 세우겠습니다."

"네. 알겠어요."

윤동욱은 마침 모습을 드러낸 빈 암자 안으로 차를 몰았다. 암자는 무척 작았고, 그랬기에 마당 역시 좁았다. 승용차 한 대가 딱 주차할 정도의 넓이였다. 거기에 차를 낸 윤동욱이 뒤로 손을 뻗어 백팩을 들었다. 암자가 있는 위치에서는 여름밤을 맞아 한껏 울어대는 여러 곤충 소리가 똑똑히 들렸다.

"혹시 해서 이걸 안 태웠습니다. 그러면 안 되겠다 싶은 감이 있었거든요. 이렇게 쓰게 될 줄은 몰랐지만."

그 말과 함께 윤동욱이 백팩에서 꺼내 든 건 티셔츠였다. 죽은 모모의 티셔츠. 화려한 무늬는 어둠 속에서도 또렷하게 보였다.

"설마 이걸 입는다는 거예요?"

놀란 민시현이 묻자 윤동욱은 조심스러운 표정으로 고개를 끄덕였다.

"네. 작가님이 입으셔야……"

"제가요?"

그렇게 되묻고서는 바로 이유를 알아차렸다. 숲에 도사린 존재든 아니면 숲 그 자체든 어쨌든 이 일을 꾸민 것은 무꾸리의 기운을 예민하게 알아챌 게 틀림없었다. 그것이 원하는 건 무꾸리인 듯했다. 이선미가 콕 집어서 윤동욱까지 함께 오라고 한 데에는 그런 이유가 있을 터였다. 이런 상황에서 윤동욱이 죽은 자 흉내를 내면 계획이 틀어진다. 숲을 속이려면 더 철저해야 했다.

"이해하셨죠? 저도 작가님께 이런 역할 맡기는 게 찜찜하지만……"

"아뇨. 해야죠. 그래야 옥도령 님과 선명 씨를 무사히 구할 수 있잖아요. 이 티셔츠 그냥 입으면 되는 거예요?"

민시현은 일부러 더 힘차게 말하며 윤동욱의 손에서 티셔츠를 받아서 얼른 품에 안았다. 시큼한 땀 냄새가 올라오는 건 억지로 참기로 했다.

"죽은 자의 옷을 입고, 무꾸리가 쓴 귀사부를 몸에 지니면 됩니다. 귀사부는 이름 그대로 귀신을 속이는 부적입니다. 귀신이 생명을 지닌 인간인지 아닌지 알아채지 못하게 만들어 주죠. 여기 있습니다. 이렇게 하면 최대 1시간 정도는 영적인 존재에게 들키지 않을 겁니다."

윤동욱은 그 말과 함께 노란색 부적도 한 장 내밀었다. 민시현은 그것도 받았다.

"그럼, 티셔츠는 이 위에 입고 부적은 바지 주머니에 넣을게요."

"네. 그렇게 하시면 됩니다."

모모의 티셔츠는 너무 헐렁했지만 오히려 그게 나았다. 거추장스러워도 딱 달라붙는 것보다는 덜 찜찜했으니까. 민시현은 죽은 자의 티셔츠를 걸치고 차에서 내렸다. 부적은 왼쪽 주머니에 넣었다. 오른쪽 주머니에는 1시간 후 진동하도록 알람을 맞춘 핸드폰을 넣었다. 백팩은 등에 멨다. 어차피 암자에서 숲 입구는 가까웠다. 둘 다 이곳에 주차하고 걸어가는 데 동의했다. 윤동욱도 자기 백팩을 메고는 따로 챙겨온 손전등을 들고 앞장섰다. 민시현과 윤동욱 모두 야간 산행이라도 즐길 듯한 차림새였지만 표정은 한없이 딱딱하게 굳어 있었다.

"숲은 이렇게 속이는데, 사람은 어떻게 해요?"

입구 앞에 선 두 그루 나무에 가까워질 때쯤 민시현이 물었다. 윤동욱이 대답했다.

"그건 반대로 하면 어떨까 합니다."

"반대라면 제가 모습을 드러내고, 동욱 씨는 숨는다는 거?"

"그렇죠. 작가님이 친구와 제사장을 상대하는 동안 제가 숨어서 타이밍을 보겠습니다. 여차하면 힘을 쓸 수도 있고요."

"좋아요. 그런데 야영지를 찾을 수 있을지 모르겠어요. 그때도 우연히 발견했거든요. 아니다. 선미가 교묘하게 이끌었나? 아무튼, 지금은 너무 어둡기도 하고…… 아!"

"그 문제는 해결된 것 같습니다."

윤동욱의 말 그대로였다. 숲 입구에서부터 몇 미터 간격으로 야광 줄이 나무에 묶여 있었다. 옥도령의 아이디어를 베낀 셈이었다. 그리고 그 덕분에 야영지까지는 무사히 갈 수 있을 듯했다.

"철저하게 준비했네요."

일말의 불안감을 느끼며 민시현이 말했다. 살았지만 죽은 척하는 자와 도착했지만 오지 않은 척하는 자는 나란히 숲으로 들어갔다. 두 사람은 몰랐다. 안으로 들어가는 동안 그 뒤에 남은 야광 줄이 소리도 없이 검은색으로 물들었다는 사실을.

숲은 더없이 고요하고 더할 나위 없이 어두웠다. 그믐이었던 밤보다, 비가 쏟아졌던 그 밤보다 오늘이 더 어두운 것 같았다. 하늘을 올려다봤지만 눈에 들어오는 건 시커먼 나뭇가지뿐이었다.

"가까워지고 있는 것 같습니다. 삿된 기운이 느껴집니다."

윤동욱이 속삭였다. 민시현은 주위를 둘러봤다. 어두웠지만 손전등 불빛 아래 드러난 주변 지형을 봤을 때 야영지와 가까운 게 틀림없었다.

"맞아요. 조금만 더 들어가면 나와요."

민시현도 말했다.

"지금부터는 제가 숨어서 따라가겠습니다. 이건 작가님이 드세요."

그 말과 함께 윤동욱은 손전등을 건넸다. 그걸 받아 든 민시현은 정면을 비췄다. 침착해야 해. 그런 생각과 함께 걸음을 옮겼다. 윤동욱이 따라오는 소리가 들리지는 않았지만 민시현은 그를 믿기로 했다. 그래서 돌아보지 않았다. 야광 줄 다섯 개 정도를 더 지났을 때 늘어선 나무 사이로 불빛이 보였다. 인공적인 불빛이 아니었다. 어른어른 그림자를 만들어내며 멀리까지 빛을 던지는 그것은 아무래도 모닥불 같았다. 민시현은 걸음을 서둘렀다. 얼마 안 가 나무가 조금 듬성하게 서 있는 구간을 지났고, 몇 미터를 더 걷자 갑자기 야영지가 모습을 드러냈다.

예상대로 모닥불이 크게 타오르고 있었다. 그리고 그 모닥불 뒤에 익숙한 사람들이 무릎을 꿇거나 서 있었다. 무릎 꿇은 이는 옥도령과 강선명이었고, 그 뒤에 서서 민시현을 노려보는 이는 이선미와 제사장이었다. 또 한 명, 흑곰도 보였다. 흑곰은 역시 그 칼을 들고 있었다. 마체테. 무기는 그거 하나였지만 겁먹은 옥도령과 강선명을 제압하기에는 충분해 보였다.

"빨리 왔네! 이쪽도 도착한 지 얼마 안 됐거든."

이선미가 제사장과 흑곰을 가리키며 말했다. 물론 옥도령과 강선명도 포함한 말이었다. 민시현은 그들을 향해 조금 더 다가갔다.

"쓸데없는 짓 그만하고 이 사람들 풀어줘."

민시현의 말에 이선미는 코웃음으로 대답했다.

"흥. 그럴 거면 시작하지도 않았지. 안 그래요?"

제사장은 이선미의 물음에 묵묵부답이었다. 그저 부릅뜬 눈으로 민시현을 노려볼 뿐이었다. 처음 봤을 때의 카리스마가 어쩐지 조금 옅어져 보였다.

"작가님. 빨리 도망가세요. 이것들, 말이 안 통해요."

무릎 꿇고 있던 옥도령이 웅얼웅얼 말했다. 아무래도 얼굴 쪽을 얻어맞은 듯했다. 발음이 영 시원찮았다.

"어? 그런데 나머지 한 명은 어디 있어? 그 젊은 남자 무당!"

윤동욱이 없다는 걸 이선미도 알아챘다.

"없어. 안 왔어."

이런 대화를 주고받는 중에도 윤동욱은 어둠 속에 숨어 지켜보고 있으리라. 민시현은 그렇게 생각하는 한편 어떤 방법으로, 얼마나 더 시간을 끌어야 할지 고민했다. 흑곰이 든 마체테가 신경 쓰였다. 그것만이 아니었다. 말하기 좋아하는 제사장이 내내 침묵하고 이선미만 계속 떠든다는 사실도 어쩐지 마음에 걸렸다.

"안 왔다고? 그렇게 경고했는데도…… 안 왔다?"

그렇게 말하던 이선미가 흑곰의 손에서 마체테를 뺏어 든 건 순식간의 일이었다. 아무도 예상하지 못한 그 행동은 거기서 멈추지 않았다.

"선미야!"

이선미는 민시현의 외침에도 아랑곳하지 않고 마체테를 휘둘렀다. 정글에서 활약할 법한 그 칼은 흑곰의 오른쪽 어깨에 깊숙이 박혔다.

"으악!"

거대하고 탄탄한 흑곰이 처절한 비명과 함께 무릎을 꿇었다. 쏟아져 내리는 피는 모닥불 불빛을 받아 더 선명하고 붉게 보였다. 고통을 이기지 못한 흑곰이 몸을 부르르 떨 때마다 피는 땅에 흩뿌려졌다. 피 묻은 칼을 들어 보이며 이선미가 외쳤다.

"됐어? 됐냐고? 부족한 한 명은 우리 쪽에서 채웠다!"

이선미가 누굴 향해 목소리를 높이는지 민시현은 알 수 없었다. 다만 한때는 친구였던 그 여자가 제정신이 아니라는 것만은 똑똑히 알 수 있었다. 그저 이성을 잃은 정도가 아니었다. 눈빛은 광기로 번득였고, 피가 점점이 튄 얼굴에는 미소인지 환희인지 모를 표정이 떠올라 있었다. 그것만이 아니었다. 이선미는 입 주위에 묻은 피를 혀로 핥았다. 반면, 제사장은 줄곧 한발 물러선 상태였다. 방금 사건에서도 아무런 반응을 보이지 않을 뿐만 아니라 순간적으로 겁먹은 표정을 짓기도 했다. 민시현은 상황이 최악으로 흘러간다고 느꼈다. 이선미의 폭주는 계산에 없던 것이었다.

"진정해. 의식인지 뭔지, 아무것도 준비 안 한 상황인데 뭘 하겠다는 거야?"

야영지에는 모닥불만 타오를 뿐 역오망성을 그려놓은 것도 아니고, 횃불 같은 게 타오르지도 않았다. 바닥 역시 멀쩡했다. 피로 물들었던 지난번과는 확실히 달랐다. 만약 그런 걸 다시 하느라 시간이 필요하다면······.

"없어도 돼. 이게 원하는 건 그따위 문양이 아니야. 형식도 필요 없지. 이건 넷의 목숨만 뺏는다면 충분하다고 하거든. 흐호호."

이선미는 싱글싱글 웃으며 말했다. 그때 이선미와 제사장 뒤편 숲에서 뭔가가 움직였다. 민시현은 봤지만 두 사람은 보지 못했다. 수풀을 헤치며 다가오는 이는 윤동욱이었다. 흑곰이 아니라 이선미가 마체테를 들고 있다면, 오히려 지금이 기회일지도 몰랐다. 민시현은 최대한 주의를 돌리려고 말을 마구 쏟아냈다.

"도대체 왜 이렇게까지 하는 거야? 너 분명히 제사장, 저 인간한테 속았다고 했잖아? 맞지? 근데 지금은 그렇게 안 보여. 모든 걸 네가 다 꾸민 것 같단 말이야! 이렇게 해서 얻는 게 뭐지? 정말 보고 싶은 거야? 악마를? 내가 말해봐야 소용없겠지만, 그런 건 다 헛소리야! 제발 좀 정신 차려. 백번 양보해서 악마를 소환한다 해도 도대체 뭘 할 건데?"

"악마? 아…… 바엘? 이제 그딴 건 필요 없어. 여기, 이 숲에, 바로 빨래 숲에 더욱 무시무시한 게 있거든. 내 사명은 그걸 위해……."

수풀 속에서 윤동욱이 달려 나왔다. 아직은 아무도 눈치채지 못했다. 이선미를 향해 점점 다가간다. 민시현은 바로 목소리를 높였다.

"그깟 이상한 사명 때문에 인생을 포기하겠다는 거야?"

그때였다. 고통에 못 이겨 끙끙거리고만 있던 흑곰이 벌떡 일어났다. 그러고는 두툼한 어깨로 제사장과 이선미를 차례로 들이받았다. 둘 다 비틀거리며 나가떨어졌다. 흑곰은 번들거리는 눈빛으로 주위를 둘러보더니 숲 안으로 도망쳐 들어갔다. 시야를 가로막던 게 모두 사라져 민시현과 윤동욱의 눈이 마주쳤다. 둘 다 놀란 표정을 지었다. 다음 순간 더 놀라운 일이 벌어졌다. 나무 사이를 지나 숲으로 사라졌던 흑곰이 누가 보이지 않는 줄을 잡아당기기라도 한 것처럼 바로 튀어나왔다. 그대로 허공에 붕 뜬 흑곰은 하필이면, 아니 정교하게 설계된 스턴트처럼 활활 타오르는 모닥불 위로 떨어져 내렸다. 흑곰이 비명을 질렀다.
 "악!"
 불은 흑곰의 옷과 몸으로 순식간에 옮겨붙었다. 흑곰이 바닥에 마구 뒹굴었지만 불은 쉽게 꺼지지 않았다. 모두가 당황해 지켜만 보던 순간, 윤동욱이 백팩을 들고 흑곰에게 달려갔다. 그걸로라도 불을 끄려는 것 같았다. 하지만…… 흑곰이 비틀거리며 일어난 것과 동시에 마치 기름이라도 부은 듯 불길이 대번에 거세졌다. 화르르 타오르는 불의 거센 기세와 뜨거운 열기가 몇 미터 떨어진 민시현에게 그대로 전달됐다. 흑곰은 선 채로 완전히 탔다. 불과 몇 분 만에. 불기둥이 된 그는 끝까지 연소한 후 형체를 알아볼 수 없게 되어서야 풀썩 쓰러져 내렸다.

"흐흐흐. 이거야말로 번제야!"

이선미는 그렇게 외치며 미친 듯이 웃었다. 그러다가 윤동욱을 발견했다. 엉거주춤 서 있던 윤동욱은 이선미에게 달려드는 쪽을 선택했다. 이선미가 마체테를 휘둘렀다. 윤동욱은 첫 번째 공격을 잘 피했다. 그런 뒤 이선미의 손을 잡아채려 했다. 거기서 문제가 발생했다. 이선미는 윤동욱의 예상보다 훨씬 빠르고⋯⋯ 힘이 셌다. 마체테 든 손목을 쥐는 데까지는 성공했지만 그걸 단번에 뿌리친 이선미가 오히려 역습을 가해왔다. 마체테를 윤동욱의 옆구리에 박아 넣으려 한 것이다.

"하지 마!"

민시현이 몸을 날린 건 바로 그 순간이었다. 그는 이선미의 머리를 향해 백팩을 냅다 휘둘렀다. 묵직한 랜턴이 든 백팩은 퍽 소리를 울리며 이선미의 머리를 강타했다. 이선미가 휘청했고, 윤동욱은 그 틈을 타 몸을 굴려 뒤로 멀어졌다. 그러면서 외쳤다.

"둘 다 도망쳐!"

기다리고 있었다는 듯 옥도령과 강선명이 벌떡 일어났다. 하지만 쉽게 움직이지는 못했다. 둘 다 흑곰이 어떻게 됐는지 똑똑히 봤기 때문이었다. 두 사람이 주저하는 사이, 고개가 반대쪽으로 꺾였던 이선미가 균형을 잡고는 민시현을 향해 돌아섰다. 민시현은 여전히 백팩을 들고 있었다. 마체테에 비하면 터무니없을 정도로 소박한 무기였으나 없는 것보다는 나았다.

"나는 숲의 부름을 받았어. 그러니 방해하지 마."

이선미는 친근한 표정과 목소리로 속삭이듯 말했다. 그때였다. 숲 안쪽에서 소리가 들려왔다. 공기가 파르르 떨며 진동할 정도로 크면서도 웅장한 소리였다.

서서.

그것은 하나의 울림이자 신호였으며 숲이 존재를 드러내는 소리이기도 했다. 장엄하다는 표현이 어울릴 정도로 그 소리가 주는 충격과 떨림, 그리고 위압감은 대단했다. 소리는 숲에 있는 모든 이의 몸을 두드리며 지나갔다. 마치 천둥처럼. 실제로도 아득히 높은 곳에서 울려 퍼지는 소리 같기도 했다.

"들었지? 숲이 말하고 있잖아. 어서 제물을 바치라고."

이선미가 다시 말했다.

"정신 차려! 숲은 널 이용하려는 거야!"

민시현이 외쳤다. 이선미는 허리를 꺾으며 웃었다.

"호호호. 그게 무슨 상관이야?"

딱딱딱 소리가 들린 건 이선미의 질문이 쏟아진 직후였다.

그 소리가 너무 컸기에 민시현은 돌아볼 수밖에 없었다. 제사장이었다. 손각시가 그랬던 것처럼 그 역시 허공에 시선을 둔 채 턱을 마주치고 있었다. 위턱과 아래턱이 쉴 새 없이 부딪혔고, 그러면서 제사장은 온몸을 부들부들 떨었다.

말라리아.

그 단어가 민시현의 머릿속을 스치고 지나갔다.

"오고 있어요!"

윤동욱이 소리쳤다. 그는 숲 안을 보고 있었다. 내내 조용하던 옥도령이 드디어 입을 열었다.

"거, 겁나게…… 사나운 거야!"

서서.

그 소리가 다시 울렸다. 뱃고동처럼. 그건 도착했다는 뜻이었다. 곧 배를 댈 테니 기다리라는 뜻. 결국 다가온다는 이야기였다. 그것이, 그 존재가, 그 겁나게 사나운 무언가가.

"조심해요!"

윤동욱의 외침에 민시현은 퍼뜩 정신을 차렸다. 그때는 이미 이선미가 귀까지 입을 찢으며 웃는 모습으로 달려든 뒤였다. 마체테를 휘두르려는 그 찰나, 뒷걸음질 치던 민시현이 돌부리를 잘못 디디며 넘어졌다. 이선미는 그런 민시현의 다리에 자기 발이 걸리면서 앞으로 튕겨 나가다시피 쓰러졌다. 그렇게 쓰러진 자리가 하필이면 모닥불 위였다.

"아악!"

이선미는 비명을 지르며 바로 일어났지만 얼굴에 붙은 불이 꺼지지는 않았다.

"선미야……."

놀란 민시현은 예전 친구의 이름을 불렀다. 그때 다시 소리가 울려 퍼졌다.

서서.

훅. 누가 입김을 불기라도 한 듯 모닥불이 삽시간에 꺼졌다. 바늘 하나 들어갈 틈 없는 어둠이 숲을 뒤덮었다. 아무것도 보이지 않았다. 아니다. 성냥처럼 얼굴이 타들어 가고 있는 이선미만은 보지 않으려야 볼 수밖에 없었다. 이선미는 얼굴에 불이 붙은 그대로 숲 안쪽으로 달려갔다. 이선미마저 사라지자 정말로 깜깜한 세상이 펼쳐졌다. 어디가 왼쪽이고 오른쪽인지, 어디가 위고 아래인지 구분하기 힘들 정도였다.

서서.

그 소리는 훨씬 더 가까워졌다. 누군가가 외쳤다.

"도망쳐야 해요!"

그게 누구 목소리인지 분간하기 어려웠다. 윤동욱 같기도 하고, 옥도령 같기도 하고, 강선명 같기도 했다. 심지어는 민시현 자기가 낸 소리가 아닌가 싶기도 했다. 모든 게 다 헷갈렸다. 단 하나의 사실만 명확할 뿐이었다. 도망쳐야 한다. 적어도 그건 그 누군가가 외친 게 맞았다. 점점 더 다가오는 미지의 존재에게 들키지 않으려면 이곳을 떠야 했다.

민시현은 그렇게 생각하며 움직였다. 정면이라고 짐작되는 곳을 향해서 더듬거리며 나아갔다. 랜턴을 사용할 수는 없었다. 그건 들키려고 작정한 행동이나 다름없으니까. 그랬기에 손을 앞으로 뻗어 백팩을 휘두르며 나무에 부딪히지 않게 움직이는 게 최선이었다. 채 몇 미터도 가기 전에 소리가 또 들렸다.

서서.

아주 가까웠다.

거의 옆이었다.

실제로도 무언가가 나뭇가지를 스치며 움직이고 있었다.

스스스스스.

야영 첫날 밤에 들었던 바로 그 기척이었다. 엄청나게 거대한 존재가 전나무 꼭대기쯤부터 가지를 헤치며 다가온다. 아니, 이미 옆으로 왔다. 민시현은 압박감을 느꼈다. 볼 수 없었기에 감각이 더 예민해졌다. 숲의 존재가 바로 옆에 있었다. 손을 뻗으면 닿을 거리였다. 악취와 함께 심장을 두드리는 두려움이 엄습했다. 놈은 발견할 것이다. 이렇게 가까운데 모를 수가 없다. 그 생각이 머리를 뒤흔들어 다른 사고를 할 수가 없었다.

스스스스스.

스스스스스.

그 존재는 민시현 옆을 지나쳐 갔다.

서서.

그 불길한 울음을 계속 토해내면서 민시현과는 점점 멀어졌다.

어떻게 된 일이지?

머리를 쥐어짜 내서 생각하는 데 성공한 민시현은 중요한 사실을 깨달았다. 자기는 지금 망자였다. 모모의 옷을 입고 귀사부를 지닌, 살았으나 죽은 존재. 결국 숲을 속이는 일에는 성공한 셈이었다. 이런 기회를 살려 무얼 해야 할지 고민하며 민시현은 앞으로 향했다. 앞이라고 짐작은 했지만 사실상 앞뒤를 판단할 기준은 아무것도 없었다. 어둠 속에서는 모든 게 공평했다. 숲의 존재만 빼고.

서서.

어느새 저만치 떨어진 곳에서 그 소리가 울렸다. 충분한 거리가 있는데도 민시현은 몸을 부르르 떨었다. 그만큼 끔찍한 소리였고, 그 소리의 의미를 알 것만 같아 더 섬뜩했다.

부르고 있다.

저 존재는 숲에 숨어든 인간들을 부르고 있었다.

서서.

그런 소리로.

CHAPTER. 14 : 윗것

　윤동욱은 나무 뒤에 잠시 숨어 있었다. 역시, 아무것도 보이지 않았다. 손전등을 켜고 싶은 생각이 간절했지만 그건 자살행위였다. 숲은 자기를 포함해 옥도령까지, 두 무꾸리의 피를 원하는 게 틀림없었다. 지금껏 잠잠했던 숲이 피 맛을 본 후 각성해서 현재에 이른 게 아닌가 하고 윤동욱은 조심스레 짐작했다. 더욱 강성하고 강대해져서 결국 숲 자체를 벗어나기 위해서는 피가 더 필요할 것이리라. 이왕이면 신기 있는 무꾸리의 피면 더 좋고. 그 심부름꾼 역할이 이선미라는 사람에게 주어졌다. 그 여자 역시 이제는 거의 마물이 된 것처럼 보였다.

시간이 한참 지나자 어둠에 눈이 익숙해지기는 했다. 윤동욱은 이대로 있어야 할지 아니면 누구라도 찾아서 돌아다녀야 할지 고민했다. 그 고민은 싱거울 정도로 금세 끝났다. 바람을 타고 익숙한 냄새가 날아들었기 때문이다. 명품이라고 주장하지만, 윤동욱에게는 그저 사우나에서 바르는 로션 그 이상 그 이하도 아닌 향수 냄새였다. 그건 옥도령이 근처에 있다는 뜻이었다.

"옥도령. 옥도령."

윤동욱은 목소리를 낮춰 옥도령을 불렀다. 잠시 후 속삭이듯 작은 소리가 근처에서 들렸다.

"형님? 형님이야?"

"있어봐. 내가 갈 테니까."

옥도령의 소리가 들린 곳을 향해 윤동욱은 조심스레 움직였다. 얼마쯤 걸어가자 바위 위로 얼굴을 쏙 내민 옥도령이 보였다. 옥도령도 윤동욱을 발견하고는 손을 흔들었다. 그때만큼은 둘 다 소풍길에 우연히 만난 것 같았다. 그 정도로 반가웠다.

"형님 맞지? 원귀 아니지?"

옥도령은 윤동욱이 옆으로 가 딱 붙어 앉을 때까지 계속 물었다.

"그것도 못 알아볼 정도면 무꾸리 생활 접어야지."

윤동욱은 슬쩍 웃으며 말했다. 어쨌든 한 사람과는 무사히 만났다고 생각하니 마음이 한결 놓였다.

"무꾸리 생활이고 뭐고, 여기서 무사히 나갈 수 있을지도 모르는 상황이야. 세상에 난 그런 건 또 처음 보네."

옥도령은 그렇게 말하며 혀를 내둘렀다. 충격을 받긴 윤동욱도 마찬가지였다. 물론 너무나 어두웠기에 그 실체를 다 볼 수는 없었다. 다만 그것이 내는 소리만으로도 거대하고 사납다는 건 충분히 짐작할 수 있었다. 숲과 하나 되어 원념으로 똘똘 뭉친 존재. 그야말로 생령이 아닐까 싶었다. 윤동욱은 숲을 돌아다니는 것과 비슷한 존재에 대해 들었던 기억을 떠올렸다. 일전에 애기신녀가 해준 이야기였다.

"윗것이라고 들어봤어?"

윤동욱은 옥도령을 향해 물었다.

"윗것? 그게 뭔데? 난 금시초문이야."

"나도 애기신녀님께 들었는데, 우리가 모시는 신령님보다 훨씬 강하고 거대한, 그래서 감히 우러러보지도 못할 만큼 장엄한 존재를 예로부터 윗것이라 불렀대. 신 중의 신인 거지."

영가에도 여러 종류가 있다. 걸귀나 잡귀 같은 하급 영가가 있는가 하면, 그 위에는 무꾸리가 모시는 영험한 신령이 있다. 신령은 귀신 중에서도 힘이 세고 현명하며 사려 깊은 존재이기에 사람 몸을 타 공수를 내릴 수 있다. 물론 신령 중에서도 급이 나뉜다. 신력이 강한 무꾸리는 장군 신 같은 거센 신령을 모시기도 한다. 애기 신은 힘이 강하지는 않아도 맑고 청정한 영혼을 지니고 있어 공수를 잘 내려준다. 그러니 어떤 신령을 모시는가에 따라 장단점이 다 존재한다. 그리고…… 윗것이 있다. 감히 무꾸리 혼자서는 몸에 둘 수도 없는 존재.

"윗것이 그런 존재면 장군 신이나 대감 신 같은 건 상대도 안 된다는 거야?"

옥도령이 물었다.

"그렇지. 윗것은 태초부터 있었던 자연 신이라고 해. 이 숲에 존재했던 윗것에게 사특한 원념이 달라붙었고, 지금의 저 무서운 존재가 된 게 아닌가 싶어."

"하이브리드네. 젠장."

"뭐, 그런 셈이지."

"그러면 우리 힘으론 상대가 안 된다는 거야? 퇴치할 방법이 없어?"

옥도령 목소리에는 은은한 분노가 서려 있었다. 옥도령이 모시는 신령이 바로 대감 신이었다. 윤동욱이 모시는 신령은 장군 신이었고. 신령 중에서는 강하다고 알려졌는데 그것으로 안 된다니 옥도령은 자존심이 상한 것 같았다. 윤동욱은 자기 생각을 말했다.

"퇴치할 수는 없을 거야. 다만 윗것에게서 원념을 떼어내는 건 가능하지 싶어. 윗것 자체는 선도 악도 아니니까 원귀의 기운만 분리해 낸다면 조용히 숲에 머물 것 같거든."

"그러자면 굿을 해야 할 텐데…… 가진 것도 몇 개 없고 뭔 굿을 어떻게 하나?"

"굿을 도와줄 이들이 없으니 둘이서 기도를 드리지. 초와 방울 같은 간단한 무구는 내가 챙겨 왔어. 넌 기도 후에 항마진언을 외어라. 난 비루박차 천왕의 주문을 욀게. 어떤 일이 있어도 진언을 멈추면 안 되고 그 존재가 듣고 다가올 정도로 크게 외야 해. 무슨 말인지 알겠지?"

윤동욱이 말하자 옥도령은 작게 한숨을 쉬었다.

"이건 뭐, 괴물한테 맨손으로 덤비는 것 같네."

"일단 야영지 쪽으로 다시 가자고. 거기가 기도하기엔 제일 좋을 듯하니."

그 말과 함께 윤동욱이 먼저 움직였다. 그때 옥도령이 윤동욱의 어깨를 세게 쳤다. 옥도령은 하늘을 올려다보고 있었다. 윤동욱도 고개를 들었다. 높디높은 나뭇가지 위에 하늘을 뒤덮을 듯 커다란 눈이 생겨나 아래를 굽어보고 있었다. 그 눈과 마주치는 것만으로도 몸이 사시나무처럼 떨렸다. 눈알이 뒤룩, 움직였다. 옥도령이 중얼거렸다.

"진언, 굳이 크게 욀 필요 없겠는데……."

민시현은 하늘을 멍하니 올려다봤다. 눈알이 떠 있었다. 크고 선명하게, 하늘 위에 뜬 눈알은 숲을 샅샅이 뒤질 기세로 뒤룩뒤룩 움직였다. 마치 도망친 죄수를 쫓는 서치라이트 같았다. 눈이 뜬 이후로 주위가 조금 밝아진 건 그나마 다행스러운 일이었다. 민시현은 숲속 깊은 지점에 들어온 뒤 방향을 잃은 상황이었다. 윤동욱이나 옥도령, 그리고 강선명을 찾아야 하는데 숲을 헤매는 동안에는 그 누구와도 마주치지 않았다. 답답했지만 그렇다고 소리쳐 부를 수도 없는 노릇이었다. 숲의 존재만 피할 게 아니었다. 이선미도 조심해야 했다.

힐끔힐끔 하늘을 보며 눈알을 확인하던 민시현의 발걸음이 딱 멈췄다. 싸한 기운이 엄습했다. 무꾸리가 아니라고 해도 바로 이 지점에 뭔가가 있다는 건 알아챌 것 같았다. 그만큼 기운은 세고 짙었다. 어쩌면 죽은 자 시늉을 하고 있기에 더 예민하게 반응하는지도 모르겠다고 생각하며 민시현이 주위를 둘러봤을 때였다.

모모가 서 있었다.

왼편 바로 옆, 숨결이 닿을 만한 거리였다. 하지만 모모는 숨을 토해내지 않았다. 대신 눅진하면서도 한편으로는 날 선 음기를 뿜어낼 뿐이었다. 얼굴과 목 양쪽에 비릿한 미소를 지은 채로. 핏기가 하나도 없는 피부는 어둠 속에서도 그 존재감이 뚜렷했다. 눈은 민시현을 향하고 있었지만 딱히 관심은 없는 것 같았다. 아니, 아예 인식하지 못하는 듯 보였다. 죽은 존재이기 때문에, 같은 세계에 속하기에 그런 것이리라.

민시현은 마른침을 삼켰다. 자기가 들키지 않는다는 건 알았지만 귀신과 마주 보고 서는 일은 달갑지 않았다. 게다가…… 모모만이 아니었다. 모모 뒤에 스너프가 있었다. 드디어 마주한 것이다. 스너프의 모습은 그야말로 끔찍했다. 길고 뾰족한 가지가 배를 가른 듯 세로로 긴 상처가 나 있었다. 활짝 열린 뱃가죽 사이로 출렁이는 내장이 그대로 보였다. 그럼에도 스너프는 웃었다. 모모와 비슷한 모양의 미소를 짓고 있었다. 귀신은 왜 모두 웃는가요? 이곳으로 오기 전 차 안에서 윤동욱에게 물었다. 아무리 고통스럽게 죽었더라도 민시현이 본 귀신은 기괴할 정도로 웃어댔다. 윤동욱은 대답했다. 그래야 죽음이 달콤하다고 오해하죠.

오해하기를 바라는 또 다른 귀신이 등장했다. 아니 '귀신들'이었다. 검은 로브를 걸쳤다. 깨진 마스크가 얼굴에 달라붙었다. 지난번에 사라진 그들이었다. 모두 죽어 숲을 떠돌고 있었다. 산 사람이 오기를 기다리면서.

여길 벗어나야 한다.

그 생각으로 민시현은 천천히 움직였다. 이곳은 무슨 이유인지는 모르겠지만 귀신이 득시글거렸다. 아무리 들키지 않는다 해도 위험한 곳에 머무를 필요는 없었다. 그때였다. 바지 주머니에 넣어둔 핸드폰이 진동했다. 순간 전기라도 흐르듯 몸이 꼿꼿하게 서며 등허리에서부터 소름이 퍼져 나갔다. 민시현은 알아챘다. 1시간이 지났다는 것을…….

자기도 모르게 멈춰 선 민시현이 다시 주위를 둘러보려 할 때, 모든 귀신의 고개가 일제히 돌아갔다. 민시현 쪽으로.

그러고는…….

동시에 비명을 질렀다.

얼굴을 잔뜩 일그러뜨리며.

꺄샤샤샤샤샤샤샤샤샤샤샤샤샤샤샤샤샤샤샤샤!

"아악!"

이번에는 참지 못했다. 민시현도 비명을 내지르고 말았다. 속에서부터 이성의 끈을 끊고 튀어나온, 비집고 나온, 헤집고 나온 비명이었다. 민시현은 비명을 멈추지 못한 채 달렸다. 그러면서 또 다른 사실을 알았다. 하늘의 눈알 역시 자기를 쫓고 있었다. 정신없이 도망쳤다. 나무에 부딪히지 않는 게 용할 정도였다. 한참 달리고 또 달리다가 도저히 심장이 버틸 수 없을 순간이 되어서야 민시현은 멈춰 섰다. 뒤를 돌아봤다. 귀신은 없었다. 눈알을 확인하려고 하늘을 올려다보려는 순간, 이번에는 다른 소리가 들렸다.

"어머, 시현아. 민시현! 너 거기 있었구나?"

이선미였다. 숲에서는 유독 발랄하게 변하는 그 목소리가 어둠을 뚫고 몇 미터 근처에서 날아들었다. 민시현은 이선미가 든 마체테를 떠올렸다. 옛 친구는 자기를 보면 그걸 기꺼이 휘두를 게 틀림없었다. 계속 움직이면 아무리 조심하더라도 소리가 들릴 게 뻔했다. 민시현은 숨기로 마음먹었다. 마침 굵은 전나무 한 그루 옆으로 수풀이 형성돼 있었다. 뒤꿈치를 들고 종종걸음으로 수풀 뒤로 갔다. 그러고는 조용히 쪼그리고 앉았다. 이선미가 다시 외쳤다. 그는 귀신 같은 건 상관하지 않는 듯했다.

"어디 있어? 잠깐 나와봐. 그러면 궁금해하는 거 모두 이야기해 줄게."

이선미의 발소리가 점점 가까워졌다. 그는 거침없이 움직이고 있었다. 추임새처럼 들리는 휙휙 소리는 아마 마체테를 휘두르는 걸 거라고 민시현은 짐작했다.

"숲이 시켰어. 모두 말이야. 물론 시작은 우리였지. 제사장과 나. 여기서 첫 의식을 했을 때 우린 실패한 줄 알았는데 그게 아니었어. 그 의식 덕분에 숲이 깨어난 거야. 강해진 거라고! 그거 알아? 숲은 끊임없이 떠들어. 계속 속삭이지. 그리고 숲의 말을 따르면 나도 점점 강해진다는 걸 느껴. 어때? 궁금하지? 어떤 느낌인지……."

이선미는 계속 떠들었다. 그러면서도 귀를 쫑긋 세우고 있을 거라고 민시현은 예상했다. 숲은 소름 끼치도록 조용했기에 눈을 깜박이는 소리도 들릴 것만 같았다. 숨소리는 더 말할 것도 없었다. 민시현은 숨을 참았다. 그래야 할 만큼 이선미가 가까이 온 것이다.

"여기서 그 일을 겪은 후 제사장은 나사가 빠졌더라. 그래서 오늘 밤은 내가 힘을 좀 썼지. 어떻게 안 그래? 숲이 이토록 원하는데. 인간의 피를. 피가 땅을 흠뻑 적셔서 뿌리에 닿으면 숲은 성큼성큼 걸어 멀리 나갈 거야. 물론 나도 함께. 왜냐하면 이제 내가 제사장이니까. <u>호호호</u>."

<u>호호호</u>.

그렇게 웃는 이선미 얼굴이 보였다. 그는 수풀 바로 앞에 서서 두리번거리고 있었다. 어둠 속에 드러난 이선미의 얼굴은 참혹하기 짝이 없었다. 머리카락은 다 탔다. 얼굴의 절반 이상에 화상 자국이 자리하고 있었다. 코는 사라졌고 왼쪽 눈꺼풀

도 마찬가지였다. 그래서 그 안구는 비정상적으로 커 보였다. 윗입술도 거의 다 녹은 상태였다. 심지어 여전히 연기가 피어오르는 것도 같았고 짙은 탄내도 풍겼다. 보통 사람이라면 고통에 못 이겨 정신을 잃었을 텐데도 이선미는 두 눈을 희번덕이며 숲을 돌아다녔다. 눈빛이 너무나 예리하고 강렬해서 그게 하늘의 눈알과 같은 역할을 하는 게 아닌가 싶을 정도였다. 서치라이트. 기도도 탔는지 이선미는 쌕쌕 소리를 냈다. 그럼에도 그는 웃고 있었다. 입술이 사라져 제대로 표현하진 못해도 엉망이 된 얼굴에 떠오른 건 분명히 환한 미소였다.

"시현아. 내 친구 민시현. 여기 있지?"

숨을 참는 것도 한계였다. 손으로 입을 가리고 있었지만…… 가느다란 숨소리가 새어 나갈 것만 같았다.

으으.

민시현은 속으로 신음을 토해냈다. 입술을 꽉 깨물었다. 비릿한 피 맛이 느껴졌다. 숨이 턱끝까지 차올랐다. 끅끅 터져 나오려는 숨을 참으려고 민시현은 고개를 숙였다. 그 순간이었다.

"찾았다."

이선미 목소리가 바로 위에서 들렸다. 눈을 치떴다. 이선미가 녹아내린 얼굴에서 진물을 뚝뚝 흘리며 내려다보고 있었다. 왼쪽 눈동자는 그을렸는지 검게 변해 있었다. 완전히 검었다. 숲의 어둠처럼.

"옴 소마니 소마니 훔 하리한나 하리한나 훔 하리한나 바나야 훔 아나야 혹 바아밤 바아라 훔 바탁 사바하."

옥도령은 항마진언을 외는 데 열중하고 있었다. 비교적 편편한 돌멩이를 끌어와 거기에 초를 놓고 불을 붙였다. 초는 모두 네 개, 동서남북 사방으로 하나씩 놓았다. 그 작은 돌멩이가 일종의 굿판인 셈이었다. 칠성방울은 옥도령이 왼손에 들었다. 윤동욱은 자기 무선인 성수부채를 오른손에 들고 호흡을 가다듬었다. 성수부채는 애기신녀가 쓰던 걸 물려줬기에 여태 소중하게 사용하고 있다. 지금부터 욀 비루박차 천왕의 주문은 어렵기도 하고 무엇보다 기의 소모가 심했다. 다만 항마진언과 어우러진다면 숲의 윗것에게서 원념을 떼어낼 수 있었다. 어쨌든 그러기를 바라며 윤동욱은 주문을 외기 시작했다.

"굴지 발문가제 삼물제가 수라아실타. 파연지파 삼파사 이제아타 제파마천지. 가리사마 가비마. 아수라타 나비라타. 비마질도루 수질제여 파라가리. 무이연우파 사리아세 발리불다라. 비비루야 나나미 살나미단 파리새내. 비리해패 제예파유다타도."

두 무꾸리의 진언 소리와 방울 소리가 숲에 울려 퍼졌다. 윤동욱은 눈을 감고 있었지만 둘이 윗것의 관심을 끌었다는 건 알 수 있었다. 하늘 위 눈동자가 따가울 정도로 빤히 자기와 옥도령을 내려다보고 있었다. 그게 다 느껴졌다. 옥도령도 아는 듯 진언 외는 소리를 드높였다. 항마진언은 윤동욱이 외는 주문과 달리 음성과 음파 자체에 힘이 깃든다. 그러니 크고 담대하게 외치면 외칠수록 극적인 효과를 볼 수 있다.

"옴 소마니 소마니 훔 하리한나 하리한나 훔 하리한나 바나야 훔 아나야 혹 바아밤 바아라 훔 바탁 사바하."

움직인다.

윗것이 다가온다.

공기의 흐름이 바뀌었다는 걸 윤동욱은 느꼈다. 더 확실한 정보가 소리의 형태로 날아들었다.

서서.

그 묵직한 소리가 머릿속을 파고들었지만, 윤동욱은 주문 외는 걸 멈추지 않았다. 더 가까이 와야 했다. 윗것이 가까이 온 순간 폭발하듯 신력을 뿜어내야 했다.

"굴지 발문가제 삼물제가 수라아실타. 파연지파 삼파사 이제아타 제파마천지. 가리사마 가비마. 아수라타 나비라타. 비마질도루 수질제여 파라가리. 무이연우파 사리아세 발리불다라. 비비루야 나나미 살나미단 파리새내. 비리해패 제예파유

다타도."

 힘이 전신을 타고 돌았다. 기를 끌어 올렸다. 그럴수록 윗것이 내뿜는 압박감도 더해졌다. 그건 수평이 아니라 수직으로 다가왔다. 점점 내리눌렀다. 아득히 높은 곳에서 아래쪽을 향해 서서히 힘을 가한다. 단순한 행위지만 밑에 선 일개 인간은 온몸이 납작해질 것만 같은 압박감을 느끼며 떨게 된다. 인간이 손가락 하나로 개미를 가만히 누르는 것과 같다. 다만, 윗것은 손가락을 댈 필요도 없다. 윤동욱은 몸이 휘청이는 걸 느꼈다. 어깨부터 목덜미까지 힘이 가해졌고 결국 허리까지 통증이 이어졌다. 다음은 무릎일 게 틀림없었다. 그래도 사력을 다해 버텼다.

 서서.

 윗것이 바로 근처에 있었다. 어쩌면 훨씬 더 가까이 상체를 숙이고 그 큰 눈으로 노려보고 있을지도 모른다. 그래 봐야 까마득하게 높은 곳이겠지만.

 먼저 무너진 건 옥도령이었다. 항마진언 외는 소리에 힘이 점점 빠진다 싶더니 결국 욱 하는 소리를 내며 무릎을 꿇었다. 퍼뜩 그걸 깨달은 윤동욱이 눈을 뜨고 옥도령을 봤다. 그는 피를 잔뜩 토하는 중이었다.

 "옥도령······."

자기를 부르는 소리에 고개를 돌린 옥도령은 처참한 표정으로 한마디를 했다.

"아무래도 안 되겠네."

"약한 소리 하지 말고……."

바람이 불었다. 그저 한 줄기 바람이었지만 그걸 버티지 못한 윤동욱은 저만치 뒤로 날아갔다. 그러면서 성수부채도 떨어뜨렸다. 바닥에 완전히 누우니 모든 게 똑똑히 보였다. 눈은 하늘을 가득 메우고 있었다. 윗것은 찌를 듯 높이 서서 그야말로 버러지 같은 인간을 굽어보는 중이었다. 여전히 몸은 가려져 있었지만 이제는 나뭇가지와 나뭇가지를 엮으며 그 자체로 한 그루 거대하고 우람한 나무가 된 건 똑똑히 보였다. 흰색의 커다란 머리에는 입도 있었다. 그 입이 벙긋 벌어졌다.

서서.

그 소리는 바람을 동반했다. 이번에는 빨아들이는 바람이었다. 벌링 넘어진 윤동욱도, 주저앉은 옥도령도 줄에 매달린 듯 획 당겨졌다. 윗것은 두 무꾸리를 숲 안으로 끌어당겼다. 힘껏.

"으악!"

옥도령이 비명을 내질렀고, 이번에는 윤동욱도 참을 수 없었다.

"아악!"

서서.

그 소리에 이선미 눈이 살짝 돌아갔다. 민시현은 그 찰나를 놓치지 않았다. 수풀에서 튕기듯 일어나며 오른손 주먹으로 이선미의 턱을 때렸다.

"악!"

기습당한 이선미는 비틀거렸다. 그러면서도 허공에 마체테를 마구 휘둘렀다. 가까이 갈 수 없었다. 수풀을 사이에 두고 둘은 대치했다.

"도대체……."

도대체 왜 이러는 거냐고, 왜 이렇게까지 하는 거냐고 물으려다가 민시현은 말을 삼켰다. 의미 없는 질문이었다. 명확한 이유는 아마 이선미 자기도 모르리라. 본인의 믿음을 설명할 수 있다면 그건 맹신도, 광신도 아니니까.

"시현아. 아직 늦지 않았어. 나와 함께해."

그렇게 말하는 이선미는 이제 확실히 사람처럼 보이지 않았다. 그는 이미 죽은 모모보다도, 스너프보다도 훨씬 사나운 기운을 뿜어냈다. 민시현은 알았다. 어둠과 너무 가까이 있으면 물들고 만다. 특히 얇은 흰색 종이일수록 더 빠르고 더 쉽게 물든다. 이선미는 그런 종이였다. 이제 그는 더 이상 흰색 종이가 아니었다. 먹지였다. 속을 하나도 들여다볼 수 없었다.

"난 여기서 나갈 거야. 친구들 데리고! 쫓아오려면 쫓아와 봐!"

민시현은 이선미를 똑바로 보며 말했다.

"친구? 내가 친구잖아! 시현아, 내가 친구라고."

이선미는 웃었다. 너무나 환하게. 그럴수록 더욱 끔찍했다. 민시현은 천천히 물러섰다. 숲의 존재 소리가 들린 곳으로 가면 누군가든 만날 수 있으리라. 그가 보기에 이선미는 정상적인 상태가 아니었다. 여기로 걸어온 게 기적이라 할 만큼 몸이 엉망이었다. 마체테만 아니라면 민시현이 간단하게 제압할 수 있을 것 같았다. 시간이 조금 더 걸린다면 아마 제풀에 지쳐 쓰러지리라. 그러고는 마지막 숨을 뱉게 될 것이다.

"넌 편집자로 있었을 때 제일 빛났어. 지금은 아니야."

"아니야!"

이선미는 표독스레 외치며 마체테를 머리 위까지 들고 달려들었다. 생각보다 움직임이 빨랐다. 민시현은 주춤 물러났다. 그러면서 피하려 했을 때 뿌리가 민시현의 발목을 옭아맸다.

"아!"

당황해서 고개를 돌렸다. 마체테가 바로 눈앞까지 날아온 상황이었다. 희뜩 뜬 이선미의 눈동자가 민시현에게 똑바로 고정돼 있었다.

피할 수 없다!

민시현이 그 사실을 깨달은 그때, 누군가가 시야 밖에서 달려와 이선미에게 부딪혔다. 이선미는 신음도 흘리지 못하고 휙 날아가 나무에 처박혔다.

"사이코 님!"

그렇게 외친 이는 강선명이었다.

"선명 씨!"

결정적인 순간에 나타난 강선명은 힘찬 공격과 달리 몸을 떨고 있었다. 그러고 보니 표정도 안 좋았고 무엇보다 낯빛이 창백했다.

"괜찮아요?"

"괜찮죠?"

강선명과 민시현은 동시에 물었다. 그러고는 또 같은 순간에 이선미 쪽으로 고개를 돌렸다. 이선미는 마체테까지 떨어뜨리고 쓰러져 있었다. 일단 숨을 뱉어내기는 했지만 거의 끝난 듯 보였다. 더군다나…… 나무의 옹이구멍이 점점 넓어지더니 이선미를 감싸기 시작했다. 부드러운 포옹이 아니었다. 식충식물이 그러듯 이선미를 잡아먹는 중이었다.

"고마워요."

민시현이 강선명에게 말한 순간 멀찌감치서 비명이 울려

퍼졌다.

"으악!"

"아악!"

두 무꾸리의 비명이었다.

"무슨 일일까요?"

강선명이 물었다.

"잘 모르겠지만 구하러 가야죠!"

서서.

그 소리가 울린 곳을 향해서 민시현이 먼저 달렸다. 마체테를 챙겨 든 강선명도 뒤따랐다. 하늘의 눈알은 어느새 사라지고 없었다. 대신…… 이선미를 집어삼킨 옹이구멍을 제외한 나머지 옹이구멍 하나하나에 희멀건 눈알이 생겨났다. 따개비처럼 다닥다닥 붙은 눈알은 수천 개 이상이었다. 그것들이 인간을 에워싼 채 노려보는 중이었다.

랜턴 불빛 아래 아무렇게나 널브러진 무구가 보였다. 초는 완전히 뭉개졌고, 방울 일곱 개를 엮어놓은 칠성방울은 아예 산산이 부서진 채였다. 부채도 있었다. 흰색 바탕에 여러 인물이 그려진, 척 보기에도 손을 많이 탄 듯한 내력이 엿보이는 부채였다. 윤동욱과 옥도령만 사라지고 없었다.

"어디로 간 거지? 여기서 뭔가를 한 것 같은데."

강선명이 야영지를 둘러보며 말했다.

"살펴볼게요! 가능하다면."

민시현은 그렇게 말하며 흐트러진 여러 물건을 둘러봤다. 이번만큼은 사이코메트리를 꼭 하고 싶었다. 먼저 원했던 적은 처음이었다. 제발, 아무리 작은 단서라도 좋으니 잡고 싶었다. 그러자면 사이코메트리가 필요했다. 닥치는 대로 물건에 손을 대보는 것도 방법이지만, 민시현은 신중하게 골랐다. 아무래도 부채가 눈에 들어왔다. 부채가 먼저 말을 거는 것 같았다. 그걸 가만히 들어 올렸다.

그 순간이었다.

눈앞에 환상이 펼쳐졌다. 부채를 쥔 채로 누군가가 바닥에 쓰러진다. 윤동욱인 듯하다. 그의 시선이 하늘로 향한다. 거대한 눈알이 내려다보는가 싶더니 순간 나뭇가지 여러 개가 얽히고설키며 형체를 만들어낸다. 입이 보인다. 거기에 시선이 팔려 있는 사이 차디찬 바람이 날아들어 윤동욱을 밀어낸다. 옥도령도 함께 당겨진다. 그러면서 윤동욱이 부채를 떨어뜨린 건지 사이코메트리가 끝났다.

"저기예요. 둘 다 저쪽으로 빨려 들어갔어요."

민시현은 반대편 숲을 가리켰다. 나무와 수풀은 시치미를 떼고 있었다.

"어, 어떻게 알아요?"

강선명이 물었다.

"나중에 설명할게요. 일단 저기로 가봐요!"

그 말과 함께 민시현이 걸음을 옮긴 순간, 들고 있던 부채를 타고 또 다른 감각이 찾아왔다. 두 번째 사이코메트리였다.

젊은 여자 무당이다. 쪽머리가 잘 어울린다. 무당은 거울을 들여다보는 중이다. 얼굴을 보려는 게 아니다. 오른손에 든 부채를 흔들며 무당이 말한다.

거울 속에 비치는 게 없어. 신병은 아니야.

무당 앞에는 어린 여자아이가 앉아 있다. 단발머리가 귀밑에서 찰랑거린다. 아이는 두려움에 가득 찬 눈으로 무당을 올려다본다. 옆에서 남자 목소리가 들린다.

그런데 왜 자꾸 이상한 소리를 하는 걸까요?

무당이 얼굴을 돌리면 안경 쓴 남자가 안절부절못하며 무릎을 꿇고 있다. 무당은 남자와 아이를 번갈아 보며 외친다.

몹쓸 능력을 받았어!

몹쓸 능력이라면······.

남자가 묻는다.

그 저주받은 능력 때문에 살면서 피를 계속 볼 것이야! 하지만…….

무당은 거기서 말을 멈춘 뒤 아이를 유심히 본다. 그러더니 눈부신 미소를 짓는다. 무당은 아이 얼굴에 살며시 손을 대며 거의 속삭이듯 말한다.

하지만…… 그 능력이 훗날 내가 아끼는 둘을 살릴 거야.

애기신녀 님. 그게 무슨 말씀입니까?

남자의 질문을 마지막으로, 사이코메트리는 시작되던 때 그랬던 것처럼 갑자기 끝난다.

"아!"

그 소리와 함께 현실로 돌아온 민시현은 자기도 모르게 부채를 내려다봤다. 손으로 쥐는 부분이 반들반들하게 닳아 있었다.

애기신녀.

어린 시절 아빠 손에 이끌려 갔던 곳이 애기신녀의 법당이었다니……. 신기했다. 그야말로 보이지 않는 인과 연의 고리가 단단히 맞물려 지금에 이른 것 같았다. 자기를 구해준 건 윤동욱과 옥도령이었다. 애기신녀의 말이 맞는다면 이번에는 자기가 두 사람을 구할 차례였다.

"아무 일 없어요?"

강선명이 어리둥절한 표정으로 물었다.

"네. 가요."

가서 어떻게 해야 하는지는 몰라도 일단은 가야 했다. 그게 자기의 운명이었다. 먼 세월을 거슬러 날아든 애기신녀의 예언이 정확하다면, 자기는 할 수 있을 것이다. 두 무꾸리를 구할 수 있다.

CHAPTER 15 : 들림과 들음

"으으."

윤동욱은 사지가 뒤틀리는 걸 느끼며 신음을 토해냈다. 숲속 깊은 곳까지 당겨진 뒤 나무에 등을 대고 아예 묶여버렸다. 굵은 넝쿨이 팔다리는 물론이고 목까지 칭칭 감아 꼼짝도 못하게 했고, 이제는 더 꽉 죄며 아예 뼈를 부러뜨리려 하는 것 같았다.

"형님! 이대로 죽나 봐!"

옥도령이 외쳤다. 그도 같은 처지였다. 포기하면 안 된다고 말하고 싶었지만 마땅한 수가 없었다. 윤동욱은 최대한 머리를 굴렸다. 윗것의 힘은 예상보다 훨씬 셌고 거기에 기생하는 원념은 하늘을 찌를 것 같았다. 그랬기에 진언도, 주문도 소용이 없었다. 사지가 묶인 상태에서 할 수 있는 거라고는 떠드는 게 전부인데 그게 먹히지 않는다면……

"옥도령. 조금만 버텨봐."

그렇게 말한 윤동욱은 힘으로 넝쿨을 뜯어내 보려 했다. 될 리가 없었다. 힘을 쓰자 더 꽉 조여올 뿐이었다.

"저, 저거!"

옥도령의 뒤집어진 목소리에 윤동욱도 어렵사리 고개를 돌렸다. 설상가상이라는 표현이 딱 맞는 일이 벌어지고 있었다. 숲의 어둠 속에서 족히 수십은 될 법한 영가가 모습을 드러냈다. 무방비 상태로 귀신, 그것도 원귀들 틈에 둘러싸이게 된 것이다. 무엇이 영가를 불렀는지는 바로 알 수 있었다.

서서.

그 소리가 들렸고, 곧 쿵 하는 땅울림이 이어졌다. 쿵! 또 한 번 땅이 울렸다. 흙이며 잡풀 같은 것들이 허공에 떠올랐다.

"오, 온다!"

마음을 단단히 먹으려 했지만 윤동욱의 외침은 너무나 작고 약해서 뒤이어 들린 소리에 묻히고 말았다.

서서.

나무들이 움직였다. 윗것이 그 튼튼한 나무를 마구 헤치며 다가왔다. <u>스스스스스.</u> 그런 소리도 들렸다. 나무가 통째로 휘었다. 나뭇가지가 부러졌다. 영가는 점점 더 가까이 다가왔다. 윗것이 도착하기 전 윤동욱과 옥도령을 감시하려고 온 것만 같았다.

쿵! 쿵! 쿵!

땅이 연속으로 울렸다. 몸이 들썩일 정도였다. 윗것의 전체 모습은 감히 상상도 할 수 없었다. 거대하다는 표현이 진부할 뿐이었다. 새까만 어둠에 파묻혀 윗것의 일부만 보이는데도 나무 위로 훌쩍 올라온 둥근 머리와 땅을 짓이기는 굵은 다리는 공포와 동시에 경외감을 심어주기에 충분했다.

"아!"

옥도령이 의미를 알 수 없는 소리를 내질렀다. 사실 윤동욱도 마구 소리 지르고 싶었다. 심장이 터질 듯 뛰었다. 공포는 역치까지 차올랐다. 무섭도록 거대해진 원념이 윗것보다 먼저 달려들었다. 땅이 울었다. 깊숙한 곳에서 서로 엉킨 뿌리가 윗것의 움직임에 맞춰 꿈틀거리는 듯했다.

서서.

소리는 이제 머리 바로 위에서 들렸다. 윤동욱은 알았다. 윗것이 자기를 뭉개버리리라는 것을. 그 옛날, 태고 이전부터 존재했던 윗것에게 자비란 없었다. 거기에 들러붙어 조종하려는 원념도 마찬가지였다. 살아 숨 쉬는 모든 걸 죽이고 힘을 뿜어내 숲 밖으로 나가는 일. 그것만이 중요할 것이다.

서서.

그 소리가 더 크게 들렸다. 울렸다. 진동했다. 하늘이 갈라지는 것 같았다. 윤동욱은 눈을 질끈 감았다. 더는 희망이 없었다. 옥도령도 입을 닫은 지 오래였다. 이제 신 중의 신이 내릴 처벌만 기다리고 있었다. 아프지는 않으리라. 순식간에 끝나리라.

아무 일도 일어나지 않았다. 대신 차르르 하는 소리가 들렸다. 귀에 익은 소리에 윤동욱은 눈을 떴다.

민시현이 한 손에는 성수부채를, 그리고 또 다른 손에는 칠성방울을 든 채 서 있었다. 옥도령도 그걸 본 모양이었다.

"저 작가님이 왜?"

"도망쳐요!"

윤동욱이 그렇게 외친 순간, 민시현이 걸걸한 목소리와 여유로운 자세로 한판 이야기를 쏟아내기 시작했다.

"어허, 서러웠다, 서러웠어. 편히 잠들지 못할 만큼 서러웠다. 아팠다, 아팠어. 저승문 앞에서 돌아올 정도로 아팠다. 이렇게 들어도 기구하고, 저렇게 들어도 기구하니 내 눈물만 흐른다. 얼마나 무섭고 슬펐을꼬. 그 슬픔과 고통이 고여 이제 숲이 되었구나. 윗것께 붙어 자꾸만 칭얼거리는구나. 망자여, 이 숲에 묻힌 떠돌이 영가여, 내 이야기를 다 들어줄 테니 마음껏 떠드소서."

민시현은 망자를 달래고 있었다. 굿판이 없다 뿐이지 일종의 지노귀굿이었다.

"형님. 민 작가님이 원래 저런 걸 해요?"

옥도령이 놀란 투로 물었다. 놀라기는 윤동욱도 똑같았다. 다만 그는 민시현의 말투와 몸짓에서 다른 걸 봤다.

"옥도령. 잘 봐. 잘 들어봐. 저거, 애기신녀 님이다."

"네?"

민시현이 다시 입을 열었다.

"그래요, 말씀해 보소. 동쪽 바다 용왕도, 서쪽 바다 용왕도, 저 멀리 저승 열시왕도 울고 갈 그 기구한 사연 좀 말해보소. 그렇지요. 벌을 받아야 할 놈들이 떵떵거리며 살지요. 네, 잘 알았소. 당신들 맘 헤아리니 내 맘이 찢어지려 하오. 이제 숲에서 벗어나 편히 가셔야지요. 윗것 그만 괴롭히고 덩실덩실 춤추며 저승길 걸어야죠. 나비가 앞장서고, 제비가 하늘을 나니 좋은 소식만 전해질 거요. 그러니 한도 풀고, 원도 씻고, 그만 갑시다. 휘이휘이 갑시다. 억울한 사연 다 알려지게 할 테니 걱정하지 마시오. 나는 당신들 해치려는 게 아니오. 멸하려는 게 아니오. 이야기 듣고 싶어 왔소. 듣고 또 들어서 많이, 많이 알리려 하오. 아프지 마소. 성내지도 마소."

서서.

거짓말처럼, 그 소리가 작아졌다. 윤동욱은 떠돌던 영가가 하나둘 사라지고 있는 걸 확인했다. 숨통을 죄어오던 압박감도 조금씩 약해졌다. 그제야 깨달았다. 수많은 영가의 원념이 뭉친 걸 그저 없애려고, 떼어내려고만 했던 게 실수였다. 원념은 그럴수록 윗것에게 더 달라붙어서 떨어지지 않으려 했고 그 결과가 지금 신세였다. 어둠이 조금 옅어진 것 같았다. 나무 위로 우뚝 솟아 있던 윗것의 얼굴이 희미해졌다. 거대한 눈알은 이미 사라졌다.

"형님. 지노귀가 답이었어."

옥도령 역시 그걸 알아챘는지 떨리는 목소리로 말했다. 그때 풀숲 사이로 얼굴 하나가 쏙 나왔다. 강선명이었다.

"두 분 다 괜찮으세요?"

강선명은 그렇게 물으며 마체테를 들고 다가왔다. 그 험악한 칼이 반가워 보이기는 처음이었다. 윤동욱은 재빨리 대답했다.

"저도, 옥도령도 몸은 이상 없습니다."

"잘됐네요. 가만히 계세요. 제가 잘라드릴 테니."

강선명이 마체테를 들어 넝쿨을 자르는 동안 윤동욱은 민시현에게서 눈을 떼지 않았다. 민시현은 이제는 거의 들리지 않을 정도로 작고 낮게 중얼거리고 있었다. 굿이 마무리되는 순간이었다. 윗것은 너무나도 조용히 자취를 감추었다. 소리도 내지 않았다. 민시현은 부채를 펄럭이며 칠성방울을 흔들었다. 거기까지 한 뒤 힘이 다한 듯 풀썩 주저앉았다. 마침 넝쿨에게서 풀려난 윤동욱이 얼른 달려가 민시현을 부축했다.

"애기신녀 님?"

윤동욱은 민시현의 몸에서 막 떠나려는 자기의 신엄마를 불렀다. 민시현의 얼굴에 슬쩍 미소가 떠올랐다.

"더 정진하거라."

그 말을 남긴 채 애기신녀는 민시현의 몸에서 완전히 빠져나갔다. 윤동욱은 축 늘어진 민시현을 가만히 껴안았다.

구급차와 경찰차가 숲 앞으로 달려온 건 그로부터 1시간 뒤였다. 그사이 윤동욱과 민시현, 그리고 옥도령과 강선명은 서로를 부축하며 숲에서 빠져나왔다. 윗것과 원념이 떨어졌기 때문인지 숲은 더는 어둡지도, 사특한 기운을 내뿜지도 않았다. 랜턴 불빛 하나로도 충분히 어둠을 밝힐 수 있었다. 그래서 길을 찾아 나오는 게 쉬웠다.

"칠성방울은 어디서 났습니까? 옥도령이 들고 있던 건 부서졌을 텐데."

경찰을 기다리는 동안 윤동욱이 민시현에게 물었다. 이미 그때는 중요한 이야기를 모두 나눈 뒤였다. 민시현은 웃으며 대답했다.

"멀쩡한 게 바닥에 하나 떨어져 있던데요? 그걸 주워 들자마자 애기신녀 님 목소리가 머릿속에서 들렸어요. 몸 좀 빌리겠다고."

윤동욱은 처음 이 숲에 왔을 때 잃어버렸던 바로 그 칠성방울을 떠올렸다. 같은 방울이라는 데 전 재산을 걸 수도 있었다. 사람이든 물건이든 언제 어떻게 엮일지 아무도 모른다.

"그런데 제가, 아니 애기신녀 님이 뭐라고 하신 거예요? 어렴풋이 저도 기억나긴 하는데…… 주문 같진 않았거든요."

이번에는 민시현이 물었다.

"말과 글에는 각각 힘이 담깁니다. 꼭 정형화된 진언이나 주문이 아니라도 그 안에 화자의 진심과 뜻이 굳게 담겨 있다면 그것으로 큰 힘을 발휘하죠. 어떻게 보면 부적도 같은 이치입니다. 글자의 모양 자체가 영향력을 미치는 거니까요. 애기신녀 님은 진심을 담아서 숲에서 죽은 이들 이야기를 듣고 또 공감하셨습니다. 그러니 설득에 성공한 거죠."

"그렇구나……. 그러면 이제 원한을 품은 귀신은 다 사라진 거겠죠? 숲에서?"

"네. 그렇게 생각해도 좋을 겁니다."

윤동욱은 크게 고개를 끄덕이며 대답했다. 그러는 사이 옥도령은 강선명과 여러 이야기를 나눴는지 웃으며 말했다.

"이야! 이분도 게임 한다네. 같이 전장 누빌 사람 많아져서 좋아. 하하."

"다행입니다. 죽지 않고 살아서 다시 게임 할 수도 있고."

강선명의 말에 이번에는 나머지 셋도 미소를 지었다.

달려온 경찰 중에는 그 담당 형사도 있었다. 그 남자는 민시현 일행을 보고 혀를 찼다. 골치 아프다는 표정이 역력했다.

"아니, 그냥 조용히 지내라고 말씀드렸는데……."

"이번엔 다를 거예요. 숲을 조사해 보세요. 시체가 얼마나 나오건 놀라지 마시고."

민시현이 말했다.

그리고 그건 어떻게 보면 예언처럼 들어맞았다.

경찰과 구급대원은 숲 곳곳에서 최근 몇 주 사이에 죽은 것으로 추정되는 시체 여러 구를 찾아냈다. 그중에는 이선미의 시체도 있었다. 뒤이어 빨래 숲의 기구한 사연이 알려졌고, 대규모 유해 발굴 작업이 시작됐다.

그때쯤에는 민시현 일행의 경찰 조사도 끝났다. 이번에는 전부 말했다. 네 사람 모두 자기가 본 것, 들은 것, 겪은 것을 가감 없이 털어놓았다. 믿기 싫으면 믿지 말라지, 뭐. 민시현은 그렇게 중얼거렸다.

네 명이 일상으로 돌아오기까지는 꼬박 일주일이 필요했다. 다들 병원에서 치료도 받았다. 경찰이 더는 물을 게 없다고 판단했을 때 민시현과 나머지 세 남자는 각자의 집으로 돌아갔다. 윤동욱은 민시현을 집 앞에 내려주며 말했다.

"가끔 연락합시다. 생사 정도는 확인해도 될 것 같네요."

"그래요. 이젠 숨지 않을 테니까 자주 연락할게요."

민시현은 웃으며 대답했다.

그러고 바로 다음 날, 민시현은 한 통의 전화를 받았다. 모르는 번호로 걸려 왔지만 왠지 받아야 할 것 같았고, 그 예상은 적중했다.

낯설지 않은 목소리가 핸드폰을 타고 날아들었다.

통화 ⑤ : 손가영

통화 시작

- 여보세요? 저 손가영이에요. 손각시. 기억하시죠?
- 기억하죠! 몸은 어떠세요? 퇴원하신 거예요?
- 지금은 멀쩡해요. 숲에 갔던 게 잘 기억나지 않을 정도로.
- 금세 괜찮아져서 다행이네요.
  그런데 무슨 일로 전화를…….
- 숲에서 일, 그리고 그 뒤에 처리해 주신 것까지
  모두 감사하다고 말씀드리려고요.
- 이렇게 전화해 주셔서 제가 감사하네요.
  건강하신 것 같아서 다행이고요.
- 다들 다시 뵙고 싶은데 그건 어렵겠죠?
- 너무 힘든 일이었으니까요.
  아마 시간이 좀 흘러야 다시 만날 수 있을 거예요.
- 도중에라도 생각나면 전화해 주세요, 이거 제 번호거든요.
  아무래도 미련이 남아서요.
- 어…… 그게 무슨 말씀이죠? 미련이 남았다니…….
- 서로 그런 일 겪으면서 생각이 같은 줄 알았는데 아닌가 봐
  요. 숲, 궁금하잖아요.
- 와서 이야기해요! 지, 지금 숲이죠? 빨리 나와요!

- ㄹㄹㄹ. (잡음)
- ㄹㄹㄹ. (비명)
- ㄹㄹㄹ. (웃음)

통화종료

서서 와

작가의 말

 독서광이었던 초등학생(그땐 국민학생) 시절에 내가 제일 궁금해했던 건 책이 덮여 있을 때 그 안의 캐릭터는 뭘 할까, 하는 거였다. 그런 궁금증은 나아가 소설 속 주인공은 이야기가 끝난 뒤에 어떻게 될까, 라는 질문으로까지 이어졌다. 나는 지금도 그게 궁금하다. 굳이 시뮬레이션 이론을 들고나오지 않더라도, 소설 속의 인물은 이야기가 끝난 뒤에도 여전히 자기만의 삶을 살아가는 게 아닐까 싶다. 아니, 그랬으면 좋겠다. 그런 바람을 품고 있기에 나는 늘 후속작 쓰는 걸 꺼렸다. 내 이야기 속 주인공은 그 자체로 하나의 닫힌 세계에서 자신만의 안식을 취하기를 바랐다. 그들은 그들의 삶이 따로 있었으면 했다.

전작, 〈어두운 물〉에서 활약했던 민시현과 윤동욱은 조금 달랐다. 사이코메트리 능력자인 민시현과, 갓 신내림 받은 애동제자 무꾸리인 윤동욱은 무척 말을 안 듣는 캐릭터였다. 이 둘은 자기주장이 강했고, 작가가 제시한 길에 안주하길 원하지 않았다. 〈어두운 물〉의 중반부는 사실상 두 캐릭터가 자기 멋대로 끌고 갔고, 나는 받아적었을 뿐이라는 것을 이제 와서 고백한다.

그렇게 완성한 〈어두운 물〉은 무척 만족스러웠다. 캐릭터가 마음껏 뛰어놀게 만들어 주는 것도 나쁘지 않은 작법이구나 하고 생각했다. 그래서였다. 민시현과 윤동욱의 다른 이야기가 궁금해졌던 건.

나는 로맨스를 지향하지 않는다. 솔직히 말하자면 그런 분위기조차 잘 자아내지 못한다. 그랬기에 민시현과 윤동욱은 철저히 동료 관계였다. 그렇다면 이들은 그 관계를 계속 이어갔을까? 아니면 아예 연락을 끊었을까? 여러 질문이 생겨났다. 이 둘의 이야기가 더 있을 것만 같았다. 그때 내 머릿속을 스친 이미지가 바로 수해(樹海)였다. 깊이를 알 수 없을 정도로 어두운 강물에서 활약한 민시현과 윤동욱이 나무의 바다에서는 어떤 모습을 보여 줄지 궁금해서 못 견딜 지경이었다. 〈어두운 숲〉은 그런 이유로 쓰게 되었다.

나는 철저히 재미를 추구하는 상업 소설가다. 독자가 내 작품을 읽는 동안에는 외부의 근심이나 두려움 같은 건 잊고 이야기에 집중할 수 있기를 바란다. 그리고 그런 길로 인도하는 건 소설가의 몫이다. 그걸 잘하고 싶다. 작품을 통해 의미와 메시지, 철학을 전하는 건 다른 작가들이 할 일이다. 적어도 나는 '재미'를 준다는 점에서만큼은 독자가 믿고 선택할 수 있는 소설가가 되고 싶다.

누군가는 묻는다. 재미만을 추구하는 건 너무 얄팍하지 않냐고. 나는 그런 이에게 이런 대답을 해 주고 싶다.

"누군가를 재미있게 하는 일도 충분히 의미 있는 일이야."

어느덧 겨울이 되었다. 추운 날에도 호러를 재미있게 읽을 수 있는 비법을 알려주며 작가의 말을 마치려 한다. 한밤, 혼자 깨어서 따뜻한 이불 안으로 들어가 귤을 까먹으며 이 소설을 읽어 보시라. 그러면 겨울에 읽는 호러 소설의 참맛을 느낄 수 있으리라.

내 소설을 좋아해 주는, 그리고 내 소설에서 재미를 느끼는 모든 독자에게 감사를 전하며······.

계절의 테두리에서,
전건우

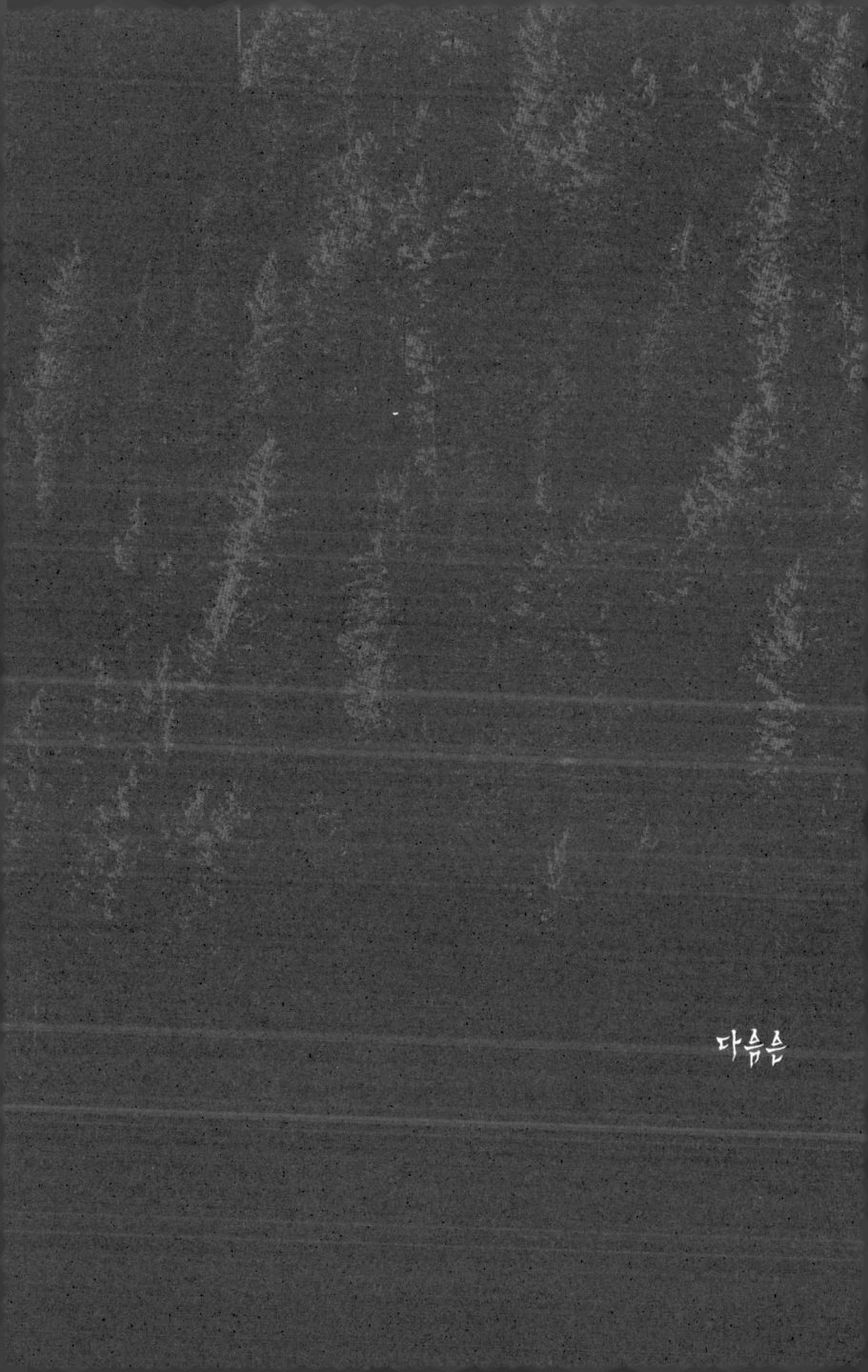

내 친구야.